背徳の恋鎖《れんさ》

葉月エリカ

イースト・プレス

contents

プロローグ　焔《ほむら》の赤

闇夜に踊る火は禍々《まがまが》しいほどに赤く、ヴィラント伯爵家の屋敷を呑《の》み込まんとしていた。

蛇のような素早さで這《は》い伝っていく炎が、壁も床も舐《な》め尽くし、割れた窓からは大量の煙が噴き出している。

「皆、無事ね!?　誰か、ここにいない者は!?」

寝間着のまま、取るものも取りあえず逃げ出してきたメイドや従僕《じゅうぼく》に向けて、家政婦の張りつめた声が飛んだ。

真夜中を過ぎて唐突に起こった火事に、使用人たちは誰もが混乱し、若いメイドらは互いに抱き合って泣き叫んでいた。

庭中に熱気が立ち込め、屋根の一部は燃え落ちて、もはや多少の水をかけた程度で消火できるような規模ではない。

「それよりも旦那様たちだ……！」

老齢の家令が、ひときわ激しく燃える西棟を、真っ青になって見上げた。

火元と思《おぼ》しき西棟には、伯爵家の家族が寝起きしている。

すでに六十歳を超える当主のディレクと、その娘のエレナ。

さらには孫であるアリーシャと、それからあと一人――。

「誰か、旦那様たちの姿を見たか!?　もしかして、まだ中に……」

そのとき、黒煙の渦巻《うずま》く玄関口から、よろめく人影が現れた。

まだ成長途中らしく、肩や腰の線がほっそりとした、十四、五歳ほどの少年だ。

就寝用のシャツを煤《すす》だらけにし、端整な顔を歪ませて咳《せ》き込む彼は、幼い少女を横抱きにしていた。

レースのフリルで縁《ふち》どられた白い夜着《よぎ》姿の少女は、気を失っているようだ。

「クレイ様……！　アリーシャ様とご一緒でいらっしゃったのですね。他のご家族はどうなさいましたか!?」

家令が少年に駆け寄り、息せき切って尋ねた。

「……わからない」

少年は沈痛な面持《おもも》ちで首を横に振った。

「気づいたときには、もう火が回ってたんだ。子供部屋で寝ていたアリーシャだけは、なんとか連れ出せたけど――」

「アリーシャ様！」

ぐったりとした少女の姿に、家政婦が血相を変えた。

「ああ、ああ、大丈夫ですか、アリーシャ様!?　お目を開けてくださいませ！」

「ん……」

少年の腕の中で、アリーシャと呼ばれた少女はわずかに身じろぎし、瞼《まぶた》を開いた。

咲き初《そ》めの菫《すみれ》のような淡紫の瞳が、目の前の少年の姿を映して、二度、三度、瞬きした。

「クレイ叔父様――……？」

茫洋《ぼうよう》とした眼差しは、しばし周囲をさまよっていたが、燃える館を目にするなり、恐怖に凍りついた。

「お祖父《じい》様とお母様は……!?」

アリーシャは瘧《おこり》を病《や》んだように震えながら、クレイの首にしがみついた。

その小さな頭を抱え込み、さらさらした黒髪を撫でつけながら、クレイは耳朶《じだ》に染み入るような声で囁《ささや》いた。

「大丈夫。もう大丈夫だよ、アリィ」

「だって、燃えちゃう……みんな燃えて……っ！」

「怯えなくていい。——今夜のことはすべて忘れるんだ」

「忘れ、る……？」

「そうだよ。怖いことなんて、全部忘れてしまえばいい」

何度でも、呪文のように、クレイは繰り返した。

深い沼のような翠《みどり》の瞳で、アリーシャをひたと見つめながら。

——忘れるんだよ。

——すべては悪い夢だから。

——アリィのことは、俺が絶対に守るから。

「ああっ……お屋敷が崩れる……——！」

誰かの絶望的な悲鳴が響いた。

世界の終わりのような轟音《ごうおん》を立て、もはや枠組みだけになった西棟が、幾千《いくせん》の火の粉を舞い上げて無惨《むざん》に崩壊する。

その懐に、アリーシャの家族を抱《いだ》いたまま。

わずか五歳にして、彼女は血の繋がった母と祖父を永遠に失ったのだ。

「あ――……」

アリーシャの声がかすれ、その首ががくりと仰《の》け反った。

恐ろしい現実から逃《のが》れるように、再び意識を手離した彼女を、クレイは押し潰してしまいそうな力で抱きしめた。

嚙《か》みしめた唇の内側で、強く誓いを立てる。

彼女のことは、自分が必ず守ってみせる。

どんなことをしても。

ずっとこの腕の中で。

――決して離れまいとひとつになった二人の輪郭を、燃え盛る焔《ほむら》の照り返しが、赤々と彩《いろど》っていた。

1　繰り返される離婚

視界いっぱいを埋め尽くすように、きらめく無数の火の粉が降り注ぐ。

肌を焦《こ》がすそれを払おうとして、腕をかざしたアリーシャは、自身の動きに引きずられてはっと目を覚ました。

視界に飛び込むのは、カーテンの垂れ下がる見慣れた寝台の天蓋《てんがい》だ。

窓の外からは可憐な鳥の囀《さえず》りが響いていて、朝が来たのだと気づく。

（夢――また、あのときの……）

宙に浮いた手を羽根布団の上に投げ出して、アリーシャは溜め息をついた。

びっしょりと汗をかき、絹の夜着を張りつかせた体は、もう十二年前の幼い少女のものではない。

再建されたこの屋敷にも、例の火事の痕跡《こんせき》は何ひとつ残っていなかった。

(何も残ってない……なかったことと同じ……──私の、あの日の記憶も)

ずきりと疼《うず》いたこめかみを、アリーシャは顔をしかめて押さえた。

──十二年前の火事の夜の記憶が、アリーシャの脳裏からは抜け落ちている。

ときどき炎に巻かれる悪夢を見て、悲鳴をあげたりうなされたりはするけれど、それ以上の具体的な光景を──叔父のクレイが助けにきてくれたときのことや、逃げる途中で何を見たのかなどは、まったく思いだせなかった。

きっとあまりに恐ろしすぎたせいだろうと、その場にいた使用人たちはアリーシャを慰《なぐさ》めてくれる。

あの火事で、アリーシャは祖父と母親を亡くした。

温厚で優しかった祖父のディレクは、当時のヴィラント家の主《あるじ》だった。

出火の原因はおそらく、彼の寝煙草《ねたばこ》だったのだろうと言われている。焼け落ちた屋敷を調査したところ、ディレクの遺体がもっとも損傷が激しかったためだ。

(もうあれから何年も経つのに……今もこんな夢を見るなんて)

アリーシャは頭を振って身を起こし、寝台から抜け出した。

そこで初めて、壁にかかった時計を目にし、あっと声をあげる。

「やだ、もうこんな時間……!?」

悪夢の影響なのか、普段の起床時間より一刻近くも遅かった。

メイドを呼ぶのももどかしく、アリーシャは急いでドレスに着替え、部屋を飛び出す。

朝食も取らず足早に向かうのは、同じ階にある叔父の部屋だった。

アリーシャと彼の間には、長年続けている「日課」があり、その約束の時間が迫っている。

「ごめんなさい、叔父様！　今日は寝坊をしちゃって……──」

一応ノックはしたものの、気持ちが焦るあまり、返事がある前に扉を開けてしまった。

途端、目に飛び込んできた光景に、アリーシャははっと立ちすくんだ。

「やぁ。おはよう、アリーシャ」

長椅子にゆったりと脚を組んで座る叔父は、アリーシャのほうへ視線を向けると、とび
きり優しげな笑みを浮かべた。

襟足を覆うほどの長さの、癖《くせ》のあるくすんだ金髪。

彫りの深い顔立ちにもかかわらず、垂れ目気味で柔和な瞳のせいか、あまり男性的な印
象は受けない。

シャツの上にジレを重ねただけのラフな服装でも、やたらと絵になる叔父の姿は、いつ

もと変わらず魅力的で、つい微笑みを返したくなるのだが――。

「ちょっと聞いてるの、クレイ⁉」

クレイの纏《まと》う柔らかな空気を打ち破るように、甲高い女の声が響く。

顔を真っ赤にし、クレイに食ってかかっているのは、ほんの二ヶ月前に結婚した、彼の妻であるシエラだった。

「話の途中でよそ見しないで！　私はこの家を出て行くって言ってるのよ！」

「シエラ様……⁉」

クレイに詰め寄り、怒りをぶちまけるシエラに、アリーシャは慌てて駆け寄った。

くっきりした目鼻立ちのシエラは、華やかな美女と呼ばれる種類の人間だったが、今は怒りの形相で見る影もない。

「落ち着いてください。叔父様と喧嘩《けんか》でもなさったの？」

こんなふうに「クレイの妻」を宥《なだ》めるのは、シエラが初めてではない。――三人目だ。

既視感のある展開に、内心で溜め息をつきながら、シエラの肘《ひじ》に触れて落ち着かせようとしたのだが。

「あなたには関係ないわ！」

激昂していたシエラは、余計なお世話だとばかりにアリーシャを振り払った。

「きゃっ……！」

思いがけず強い力に均衡《きんこう》を崩し、後ろ向きにたたらを踏む。

そのまま倒れかけるアリーシャの腰を、横合いから伸びた腕がさっと支えた。

「大丈夫、アリーシャ？」

「叔父様――……」

アリーシャを抱き止めたのは、長椅子から立ちあがったクレイだった。見た目以上にしっかりした胸の内に抱きしめられてどきりとする。

「駄目だよ。大人同士の話し合いに、子供が首を突っ込んじゃ」

「でも……」

このままでは、シエラがこの家を出て行ってしまうのに。

それに、十七歳はもう子供ではないと思う。

そんな思いを瞳に込めて、じっと叔父を見上げると、彼は場に似つかわしくない微笑を浮かべ、アリーシャの黒髪を撫でつけた。

「髪も結わずに、よっぽど急いで来たんだね」

「だって、約束の時間だったから……」

「そうだね。時間を守るのは大事なことだ」

クレイはそこでシエラに向き直り、気負いもなく告げた。

「そういうわけで、話があるなら後で聞くよ。俺たちはこれからアトリエに向かわないといけないんだ」

「話すことなんて、もう何もないわっ！」

シエラは癇癪《かんしゃく》を起こし、矢継ぎ早に罵《ののし》った。

「私のことなんて、初めから愛してなかったくせに！　あなたみたいなおかしな男、こっちから願い下げよ！　実家に帰らせていただきますっ！」

（ああ……また……）

憤然《ふんぜん》と身を翻《ひるがえ》し、部屋を出て行くシエラを見送ったのち、アリーシャは困った顔でクレイを見上げた。

三度目の離婚を言い渡された叔父は、特にショックを受けた様子もなく、ただ黙って小さく肩をすくめた。

「じゃあ、今日から新しい絵に取りかかるね」

油絵具の匂いが漂うアトリエで、さきほどの修羅場《しゅらば》などすっかり忘れてしまったように、クレイはのどかな口調で言った。

今すぐシエラを追いかけたほうがいいと、何度も忠告したにもかかわらず、『日課は日課だから』とアリーシャをこの場に引っ張ってきたのだ。

「アリーシャ、聞いてる？　ちょっと長めにモデルをしてもらうことになるけど、大丈夫？」

「……ええ、平気よ。叔父様」

クレイにとって絵を描くことは、子供の頃からの趣味だ。

アリーシャには芸術的なことはよくわからないが、その腕前はなかなかのものらしい。最近は単なる趣味の域を超え、好事家《こうずか》の間で評判を呼んだ彼の作品には値段がつくようになった。それも結構な高値でだ。

「画商が、注文分の絵を早く仕上げろってせっつくんだけどさ」

イーゼルに立てかけたキャンバスを前に、クレイは世間話をするように言った。

窓枠にもたれ、ガラスごしの初夏の光を背負ったアリーシャを、木炭でさらさらと素描《そびょう》しながらだ。

「どこだかの湖畔《こはん》の風景画が欲しいんだって。だけど、そんな普通の絵を描いても面白くないよね。やっぱり俺は、アリーシャを描いてるときが一番楽しいし」

そうして仕上がったアリーシャの絵は、決して売りに出すことなく、このアトリエのあちこちに飾られている。

クレイがこうして自分の姿を描くのは、ほぼ毎日のことで、二人きりでいろいろな話のできるこの時間を、アリーシャはとても大切に思っていた。

また、クレイの作品には、ひとつだけ不思議な点があった。

画面の中に、一切の赤色が使われないということだ。

よって、彼の描く絵はリアルな筆致《ひっち》でありながら、写実画とは少し違う。夕日や紅葉を写した光景も、青や紫などまったく違う色で塗り替えられて、それがかえって幻想的な魅力を醸《かも》し出す。

それがクレイの画家としての個性なのだろうと、彼のモデルとなるアリーシャも、赤いドレスや宝石などはなんとなく身に着けないようになっていた。

「ねえ、アリーシャ。やっぱり、髪は結っておこうか。そのほうが、絵にしたときに映《は》える気がする」

ふいにクレイが、木炭を置いて立ちあがった。

背後に回り込んできた彼は、アリーシャの後ろ髪をすくいあげた。簪《かんざし》の代わりにするつもりなのか、傍らの花瓶に活《い》けられていた白いシャクナゲの枝を手折《たお》る。

「片側に寄せて結い上げるね」

「うん……」

アリーシャのまっすぐな黒髪は、とてもさらさらしていて、専属の侍女ですら纏めにくさに苦労している。

だがクレイは、櫛《くし》を使うまでもなく器用に纏め、複雑な形に編み上げていった。

手馴れているのは、子供の頃のアリーシャの世話を、すべて彼がしていた名残《なごり》だ。

それでもこんなふうに触れられるのは久しぶりで、妙に緊張してしまう。剝《む》き出しになった項《うなじ》が、不思議にちりちりする——。

ふいにクレイの指が耳朶《じだ》をかすめて、アリーシャはびくっと肩を揺らした。

「動かないで、アリィ」

「っ……」

久しぶりに呼ばれた愛称に、何故だか心臓が跳ねた。

アリーシャが幼かった頃、クレイだけが自分のことを特別にそう呼んでいた。

まだ変声期を迎える前の声で、何度も、数えきれないほど。

「……そんなふうに呼ばないで、叔父様」

「どうして？」

「私、もう十七歳よ。いつまでも小さな子供じゃないの」

「俺の大事なお姫様も、いよいよ反抗期かな」

クレイは大げさに溜め息をついた。

「そんなふうに言われると、なんだか寂しいよ。昔は一緒にお風呂に入ったことだってあったのに……」

「そ……そんなの、もうずっと昔のことでしょう？」

真っ赤になって言い返すと、クレイは声を立てて笑った。

(叔父様ってば……私たち、本当に血の繋がりがあるわけじゃないのに)

いまさらなことを思って、アリーシャはそっと瞼《まぶた》を伏せた。

——そう。叔父と呼んではいるものの、クレイとアリーシャの間に血縁関係はない。

先代のヴィラント伯爵であるディレクは、早くに妻を亡くし、アリーシャの母であるエレナ一人しか子宝に恵まれなかった。

そのためエレナに婿養子を取らせ、その男を後継者とするつもりでいたのだが、エレナの夫はアリーシャが生まれて間もなく、流行《はや》り病に倒れてこの世を去った。

ちょうどその頃、ディレクは慈善事業の一環として出資していた孤児院で、聡明な男の子と出会った。それがクレイだ。

何度か孤児院に通って話をするうちに、ディレクは彼をいたく気に入り、養子として引き取ることを決めた。しっかりとした教育を施し、亡くなったアリーシャの父の代わりに、いずれ家督を継がせようとしたのだ。

当時、クレイはまだほんの十一歳。

そして、アリーシャは一歳になったばかり。

たった十歳の差ではあっても、祖父の養子だったクレイは、アリーシャからすればやはり「叔父」だ。もっとも実際の関係は、ほとんど兄と妹のようなものだったけれど。

（もしも叔父様がいなかったら、私は独りぼっちになるところだったわ……）

アリーシャは過去に思いを馳《は》せ、クレイの存在の重みを改めて噛みしめた。

火事の夜の記憶こそなくしてしまったけれど、母と祖父の葬儀あたりのことは、アリーシャも覚えている。

二目《ふため》と見られない姿になった二人は、黒い棺《ひつぎ》に納められ、しめやかな雨の降る日に教会の墓地へ葬《ほうむ》られた。

泣きじゃくるアリーシャの手を引いて、喪主の挨拶を立派に務めたのは、まだ十五歳でしかないクレイだった。

その気丈な様子に、参列者たちは余計に涙を誘われ、こぞって援助を申し出た。

銀行が管理していた資産で屋敷が建て直されるまでの間、クレイとアリーシャはディレクの友人たちの庇護《ひご》を受け、様々な場所で暮らした。

家族を亡くした悲しみに溺《おぼ》れそうになることもあったけれど、アリーシャのそばにはいつでもクレイがいた。

食事や着替えの世話も、彼自《みずか》らが手がけて、幼い姪《めい》を寂しがらせないように心を砕いてくれた。

血こそ繋がっていなくても、クレイはアリーシャにとって唯一の大切な家族だ。

そんな彼は、今年でもう二十七歳になる。

初めての結婚をしたのは、今から二年前だった。それもやはりうまくいかなかったのだけれど、この国の貴族の男性としては少し遅い縁談だった。

自分の面倒を見ていたせいで、婚期を逃《のが》しかけている彼には、幸せになってもらわなければいけない。

そう思って、次々とやってくるクレイの花嫁を、アリーシャはできる限り歓迎しようとしたけれど、結局は半年ともたず出て行ってしまう。

シエラのように、誰もがクレイのことを、「おかしい人」「欠陥のある人」だと罵《ののし》って。

「――どうしてシエラ様を引き止めなかったの？」

クレイに髪を結われながら、アリーシャは呟いた。

「もう離婚も三回目よ。今度こそはうまくいくかもって思ってたのに……」

「だって、俺のことが嫌になったんならしょうがないでしょ。シエラだってまだ若いんだし、この先ちゃんと彼女を愛してくれる人に出会えるよ」

その言葉に、アリーシャは眉をひそめた。

「叔父様はシエラ様を愛してなかったの？」

「美人だなとは思ってたよ。ダンスもうまいし、音楽の趣味も合ったし。だから、彼女の父親が縁談を持ち込んできたときは、まぁいいかなと思ったんだけど」

「いいかな、って……」

叔父の心が理解できずに、アリーシャは困惑した。

「どうしてそんなふうに簡単に、くっついたり別れたりできるの？　結婚は心から好きになって、一生添い遂げる覚悟のある人とするものなんじゃないの？」

「普通はそうなんだろうけど……現実は、なかなかそういうわけにもいかないね」

思い返せば、三回も繰り返した結婚はすべて、相手から言い寄られたり、周りの勧めに従ってまとまったものばかりだった。

クレイは人当たりが良く、社交的な性格だ。

いつでもにこやかに微笑んでいるし、怒ったり不機嫌になったりすることは滅多にない。相手に合わせることが得意なあまり、結婚の話が持ち上がるたび、「わかりました」と二つ返事で引き受けていたのかもしれない。それこそ、犬や猫の仔をもらうよりも簡単に。

(だけど叔父様は、奥さんになった人たちを、大事にしてるように見えたのに……)

ドレスでも装身具でも、彼女たちが欲しがるものは惜しげもなく買い与えたし、観劇や演奏会にも一緒に出かけていた。

彼女たちもそれなりの名家の出身で、美貌と教養を兼ね備えた女性ばかりだったのに、夫婦仲というのはそんなにも、一筋縄ではいかないものなのだろうか。

「叔父様はどんな女性がお好きなの？」

焦れるような気持ちでアリーシャは尋ねた。

「そうだなぁ……たとえば、黒髪で」

シエラの髪は、赤みの強い金髪だった。まさかそれだけで駄目になったのだとも思いたくないが。

「瞳は淡い菫《すみれ》色で、ミルクみたいに真っ白な肌で、専属のモデルになってくれて……俺のことを心配してあだこうだ言いだすところも、たまらなく可愛い女の子かな」

「叔父様ったら……ふざけないで」

まるきり自分のことを言われて、アリーシャはどぎまぎした。冗談に決まっているにしても、クレイのような美丈夫《びじょうふ》にからかわれるのは、箱入り娘のアリーシャにとって心臓に悪い。

同時に、クレイがこんなふうにふざけるのは、あくまで自分のことを身内としか思っていないからだろうと感じて、少し切なくもなる。

「でも……そうだな。確かにアリーシャは、いつまでも俺だけの小さな天使じゃないんだね」

編み上げた髪にシャクナゲの枝を挿《さ》していきながら、クレイは苦笑混じりに言った。

「俺のところにも、アリーシャとの縁談を望む手紙がたくさん来るようになったし。この間の夜会でも、どこかの伯爵令息《れいそく》に声をかけられてたね。ダンスの誘いを断ってたけど、彼はアリーシャの好みじゃなかった？」

「好きとか嫌いとかじゃなくて……」

アリーシャは答えかけ、口ごもった。

自分でもよくわからないもやもやした気持ちをねじ伏せ、筋道が立つ言葉を探した。

「叔父様がちゃんと落ち着いてくれない限りは、自分の結婚なんて考えられないもの。その気になれないうちに交際を始めるなんて、相手にも失礼でしょう？」

「アリーシャは真面目だねぇ……じゃあ俺はまたしばらく、独身生活を満喫しようかな。あんまり早くアリーシャを嫁に出すのは寂しいし」

「そんなの――」

――寂しいのは自分だって一緒だ。

そう言いたい気持ちを、アリーシャはかろうじて呑み込んだ。

血の繋がらない叔父のクレイ。

兄のようでもあり、父親のようでもあり、歳の離れた友人のようでもある――アリーシャを誰より愛してくれる、かけがえのない人。

情けない話だが、彼と離れることを考えると、ひどく心細くなる。

もちろん自分だって年頃だし、いつまでも叔父のそばにいられないことはわかっているつもりだけれど――。

「はい、できた。すごく可愛いよ」

綺麗に纏め上げた髪を撫でつけ、クレイの手が離れていく。

――もっと触れていてほしかった。

とっさにそんなふうに思ってしまったことが恥ずかしく、アリーシャはあえて素っ気なく「ありがとう」と言った。

いつまでもクレイのもとで甘やかされ、ぬくぬくと守られていたい。

そんな自分の弱さを知っているから、アリーシャはことあるごとに「もう子供じゃない」と言葉にして繰り返しているのかもしれなかった。

2　夜会での出来事

クレイとシエラの離婚が正式に成立し、二月《ふたつき》が過ぎた。

その日、アリーシャはクレイのパートナーとして、バルマー侯爵家主催の夜会に出席していた。

天井の高い壮麗な造りの舞踏室《ボールルーム》は、いたるところにフレスコ画や金縁《きんぶち》の装飾がなされ、目がちかちかしてくるほどだ。

きらめく水晶のシャンデリアのもと、湖面のように光る大理石の床の上で、着飾った大勢の紳士淑女が談笑している。周囲には楽団の奏でる音楽が流れ、若い男女を中心に、踊りの輪がいくつもできていた。

（すごい人……）

一年前に社交界デビューを果たして以来、アリーシャも夜会に出た経験はそれなりにあるが、今夜は特に規模が大きい。

侯爵家の宴といっても、バルマー侯爵自身は高齢で持病もあるらしく、こういった集まりには初めだけ顔を出して、すぐに引っ込んでしまう。

では誰がこのような場を設けたがるのかといえば、侯爵の妻であるバルマー夫人だった。

にぎやかな催しを好む彼女は、まだ三十歳をいくつか過ぎたばかりで、侯爵にとっては歳の離れた後妻にあたる。

「バルマー夫人にご挨拶をしないといけないね」

「……そうね」

人いきれに酔いそうで、クレイと腕を組んだアリーシャはそっと息をついた。

ライラック色のドレスの下で、ぎゅうぎゅうに締めつけられたコルセットが苦しく、余計に呼吸がしにくい気がする。

「大丈夫、アリーシャ？　冷たいものでももらって、休んでる？」

珍しく丁寧に髪を撫でつけ、燕尾服《テイルコート》にクラヴァットを結んだクレイが、気遣《きづか》わしげに囁いた。

「……平気よ、叔父様」

アリーシャは平静を装って微笑んだ。

たくさんの人が集まる場所は、正直あまり得意ではない。

だが、今夜はずっとクレイのそばにいると決めたのだ。それというのも——。

「あら、ご覧になって！　ヴィラント伯爵がお越しになっているわ」

「相変わらず目の醒《さ》めるような男ぶりですこと」

口元を隠した扇の下で、周囲の女性たちがうっとりと囁き合う。

配偶者のある婦人は、さすがに遠巻きに眺めるだけだったが、未婚の娘たちは色めきたって、たちまちクレイを取り囲んだ。

もちろん彼女たちも、クレイが三度もの離婚をしたことは知っているが、それを差し置いても、彼の魅力に惹きつけられずにはいられないらしい。

「クレイ様、お久しぶりです」

「今日は姪御さんとご一緒ですのね」

「あとでわたくしともダンスをご一緒していただけます？」

もじもじと恥ずかしそうに、あるいは大胆に。

美貌の叔父に秋波《しゅうは》を送る女性たちを、アリーシャは気圧《けお》されつつもちらちらと見つめた。

（この中に、叔父様の次の奥さんになる人がいらっしゃるかもしれないんだわ……）

クレイにとって、歳《とし》は近いほうがいいのか、逆に離れていたほうがいいのか。気立ては良さそうか、健康そうか、家格は釣り合うか――と考えていくうちに、アリーシャはおかしな気分になった。

生まれ育ちのことをいうのなら、クレイのもともとの身分は、この場の誰よりも低い。祖父のディレクが出資していた孤児院は、クレイの生まれた場所でもあった。

クレイの母親はその院で暮らしていた捨て子の少女で、いつの間にか、誰の子とも知れない赤ん坊を孕《はら》んでいた。

相手の名前を決して口にしないまま、彼女は十四歳の若さで子供を産み、その際の出血がもとで亡くなったという。

そんな生い立ちでありながら、クレイの立ち居振る舞いは不思議と洗練されていた。伯爵家に引き取られて相応の教育を受けたせいもあるだろうが、勉学にしろ、乗馬やクリケットにしろ、相当に呑み込みが早かったようだ。

（それにしても……叔父様ったら、誰にでも愛想が良すぎない？）

女性たちと朗らかに談笑するクレイを、アリーシャは上目遣いで見やった。

「お元気でしたか、シェリル？　お会いできなくて寂しかったですよ」だの、

「先におっしゃらないでください、ユーリア。ダンスならこちらから申し込もうと思って

いたのに」だの、

「その真珠の首飾りは、オルナ嬢の肌の白さをいっそう引き立たせていますね」だの、立て板に水のごとくまくしたてる調子の良さは、ほんの二ヶ月前まで妻帯者だったとも思えない。

（こんなことばかりしてるから、言い寄る女性が後を絶たなくて、真剣なお付き合いに結びつかないんだわ）

困ったものだと思っていると、そこに明るい声がかかった。

「まぁまぁ、来てくれたのね、クレイ！」

人垣が割れ、濃紫《こむらさき》のドレスを翻《ひるがえ》してやってきたのは、この夜会の実質的な主催者であるバルマー夫人だった。

ぽってりした唇を彩る深紅《しんく》の口紅。左右の耳を飾るのは、ドレスと合わせたような大ぶりの紫水晶《アメジスト》。

艶めく褐色《ブルネット》の髪を巻貝《まきがい》のような形に結い上げ、ふくよかな胸を半分以上も見せつける出《い》で立ちは、オペラ歌手のような堂々たる存在感がある。

「ご無沙汰しています、バルマー夫人」

「嫌ね。オリヴィアと呼んでちょうだい」

夫人はクレイの肘に触れ、艶《あで》やかに微笑んだ。

(これって……麝香《じゃこう》かしら)

強い香水の匂いがアリーシャのほうにまで流れてきて、鼻孔《びこう》がむずむずする。

「こちらの愛らしい方は？」

くしゃみを堪えて変な顔になっているところだったから、夫人に向き直られて、アリーシャはぎくりとした。

「ご紹介するのは初めてだったかもしれませんね。彼女はアリーシャ。俺の姪です」

自分で名乗るつもりだったのに、クレイに紹介されてしまった。

(私だって、ちゃんと挨拶くらいできるのに……)

アリーシャは遅ればせながら、ドレスのスカートを持ち上げて夫人に礼をとった。

「噂は聞いてるわ。クレイが目に入れても痛くないくらい可愛がってる姪御さんというのは、あなただったの」

バルマー夫人はふふっと笑い、小さな子を相手にするような猫撫で声で囁いた。

「申し訳ないけれど、あなたの叔父様を少し借りてもいいかしら」

「え……？」

「うちの主人が、クレイに相談したいことがあるらしいの。今夜は若い殿方もたくさんいらしてることだし、あなたも楽しんで、アリーシャ」

要するに、クレイが侯爵と話をしている間、アリーシャは勝手に暇を潰しておけと言われているのだ。

「大丈夫、アリーシャ?」

心配そうに尋ねるクレイに、アリーシャは請け負うように頷《うなず》いた。

「もちろんよ。侯爵様とゆっくりお話をなさってきて」

馴染《なじ》みのない場所で放り出されるのは、本当は不安だったけれど、一人前の淑女として、そんなみっともないことは言えない。

高齢の侯爵が、クレイ相手にどんな相談があるのか知らないが、もしかしたら絵を描いてほしいという依頼かもしれない。この舞踏室に辿り着くまでにも、屋敷の玄関や廊下には、高名な画家の絵がたくさん飾られていたから。

「じゃあ、行ってくるけど……いい子にしてるんだよ」

「こっちよ、クレイ」

後ろ髪を引かれるように何度も振り返るクレイの腕を、バルマー夫人は当然のように取って歩き出した。周囲に集《つど》っていた女性たちが、なんとなく白けた様子で散っていく。

(……とりあえず、飲み物でもいただこうかしら)

給仕の者を探して首を巡らせたとき、背後から名前を呼ばれた。

「アリーシャ！」

振り返ったアリーシャは、瞳をぱちぱちさせた。

「――ルシオ様」

そこに立っていたのは、栗色の髪に青い目をした、育ちの良さそうな青年だった。

これまでにも夜会の場で何度か顔を合わせたことのある、某伯爵家の令息だ。確か、アリーシャより五つほど年上だっただろうか。

「またお会いできましたね、アリーシャ。今日のドレスは、あなたの瞳の色にとてもよく映《は》えていますよ」

「あ……ありがとうございます」

褒められても、男性慣れしていないアリーシャは、ぎこちなく礼を述べることしかできない。

けれどルシオは笑顔を崩さず、なおも嬉しそうに続けた。

「今日は、叔父上のクレイさんはご一緒ではないのですか？」

「さっきまでここにいたんです。でも……」

バルマー夫人に連れられて行ってしまったことを告げると、ルシオはわずかに鼻白むような表情になった。

「それでは、あなたが一人になってしまうではありませんか。バルマー夫人も不躾《ぶしつけ》な方だな」

「侯爵様は、ご病気がちだということですから。夫人もきっと、ご主人の望みを叶えて差し上げたいんだと思います」

「あなたは寛容な人ですね、アリーシャ。では僭越《せんえつ》ですが、クレイさんの代わりに、僕がエスコート役を務めさせていただいても？」

軽く曲げた肘を差し出され、そこまで言われては断るのも失礼だろうと、アリーシャはおずおずと手を添えた。

するとすかさず、ルシオは期待を込めるように尋ねてくる。

「今夜こそ、僕とワルツを踊っていただけますか？」

「ええと、それは……」

誘われて、アリーシャはまごついた。

ルシオはアリーシャを見かけるたびに、こうして熱心に話しかけてくれる。おそらく、口説いているといってもいいのだろう。

アリーシャのどこを気に入ってくれたのか知らないが、恋文のようなものを添えた菓子や花束もときどき届く。

『この間の夜会でも、どこかの伯爵令息に声をかけられてたね。ダンスの誘いを断ってたけど、彼はアリーシャの好みじゃなかった？』

先日クレイが話していたのは、まさにこのルシオのことだ。

「……今日も駄目ですか」

アリーシャの躊躇《ためら》いを察したのか、ルシオは苦笑した。

「やはり、僕などではあなたに釣り合わないということでしょうか。爵位を継ぐ予定もないし、今は一介の医学生でしかないから」

「そんな……お医者様は素晴らしいお仕事ですし、そのために努力されるのは立派なことです」

自嘲的《じちょうてき》なルシオに、アリーシャは慌てて言った。

彼は伯爵家の四男で、普段は王都に下宿して医学校に通う医師の卵だ。週末や長期休暇のときにだけ、こういった集まりにも顔を出しているらしい。

「立派だと、本当にそう思ってくれますか？」

「え……ええ」

熱を込めた瞳で見つめられ、アリーシャはどぎまぎした。

胸が騒ぐのは恋のときめきではなく、変に希望を持たせてしまったのなら申し訳ないという罪悪感によるものだ。

(だって、私は結婚なんてしないんだから……少なくとも、叔父様が幸せになるまでは)

「ありがとう。アリーシャにそう言ってもらえると、勉強にも身が入りますよ」

屈託なく笑うルシオは、文句のつけようのない好青年だ。

見た目は美男子の部類に入るだろうし、若者らしい積極性もありながら、アリーシャの嫌がることは決してしない礼儀正しさも備えている。爵位こそなくても医師というのは高給取りだし、試験に見事受かりさえすれば、生活の苦労の心配もない。

ヴィラント伯爵家の家督は、将来的にはクレイの子供が継ぐのだから、アリーシャはルシオのもとに嫁《とつ》いでもいいし、亡き母がそうしたように、入り婿に迎えてもいい。当人同士の気持ちさえ固まれば、すぐにでも縁談はまとまるだろう。

(……だけど、叔父様はどう言うかしら?)

ルシオと当たり障りのない会話を交わしながらも、アリーシャの心はこの場になかった。

クレイがいなくなってから、すでに小半時《こはんとき》は経つ。遅すぎるというほどではないが、この場の女主人《ホステス》であるバルマー夫人も戻ってきていないのが気になった。

「あの、すみません……少し、化粧室に」

ルシオに向かってそう言ったのは、本当に化粧室に行きたかったわけではなく、クレイを探してみようと思ったからだ。

ルシオには申し訳ないけれど、あまり長く一緒にいても、自分にその気がない以上どうしようもない。

「そうですか。――では、また」

ルシオは残念そうな顔を見せたが、それ以上しつこく追いすがることはしなかった。

どこまでもいい人だと胸を痛めつつ、アリーシャはそそくさと広間の外に向かう。

バルマー侯爵の屋敷はとても広く、舞踏室以外にも、軽食の用意された部屋や、男性のための喫煙室、ピアノ室や撞球室《どうきゅうしつ》などが来客用に開放されていた。

まるで迷路のようだと思いながら、きょろきょろしつつ廊下を進むうち、アリーシャは本当に迷ってしまったらしい。

気づけば人々の喧騒《けんそう》が聞こえなくなり、使われていない小部屋の並ぶ場所に立っていた。

すぐに戻ろうと引き返したが、どこの角をどう曲がったのか、思いだせずに焦りが募る。

（まさか、お屋敷内で遭難なんてことにはならないだろうけど……誰かに見つかったら恥ずかしいし、気まずいわ）

ドレスの裾《すそ》をからげ、足早になったとき、ふと物音を聞いた気がした。

かすかな衣擦れのような音と、何かを話す人の声だ。

幻聴ではないかと耳を澄ましたが、確かにちゃんと聞こえてくる。

(――ここから?)

アリーシャは、とある部屋の前で立ち止まった。

扉は最後まで閉められておらず、わずかな隙間ができていた。きちんと閉まっていたら音も洩《も》れてこなかっただろうし、アリーシャもそんなことをしようとは思わなかったに違いない。

そんなこと――すなわち、一般的にははしたないとされる覗き見を。

ドアの隙間に顔を寄せたアリーシャは、中を窺い、はっと身を強張らせた。

(人がいる……――誰?)

「クレイ……ねぇ、クレイったら……」

耳の奥をざわりとさせる、甘ったるい女の――バルマー夫人の声。

では、奥の長椅子に腰かけている、あの人物は叔父なのだろうか。

はっきりとわからないのは、バルマー夫人がこちらに背を向けて立っているからだ。

その濃紫《こむらさき》のドレスは、背後のボタンが外されて、腰までずり下げられていた。

染みひとつない白い背中に、アリーシャの心臓が大きく脈打つ。

「夫はもう、歳をとりすぎてこういうことはできないの」

夫人は溜め息をつくと、クレイと思《おぼ》しき男の手を取り、自《みずか》らの胸元に引き寄せた。

「ねぇ、見て……触って……あなたの好きにしてちょうだい」

「――いけない人ですね、あなたは」

聞こえた男の声に、アリーシャは脳天を打ちのめされたような気になった。

皮肉っぽい笑いを含んだこの声は、やはりまぎれもなく叔父のものだ。

「俺に卑怯な間男になれと？　これでも俺は権威に弱いんですよ。侯爵を敵に回すような真似《まね》は、なるべくなら避けたいな」

「黙っていればわかるわけないわ。それに、私の秘密の恋人はあなただけじゃないもの」

バルマー夫人は声を立てて婀娜《あだ》っぽく笑った。

「それよりも、この手は木偶人形《でくにんぎょう》の手なの？　指だってこんなに細くて長くて、いい仕事をしそうなのに……ねぇ？」

「では、この手だけでよければ、あなたの無聊《ぶりょう》をお慰めしましょう」

その言葉とともに、クレイが動くのが見えた。

左手は夫人の胸に伸ばされ、逆の手はスカートの前をたくし上げて、その内側へと潜り込んでいく。

「あぁ、あ……そう……そこよ……はぁ、んんっ、そのまま続けて……」

夫人の呼吸が乱れ、切れぎれの喘ぎが空間を淫靡《いんび》に染めていく。

アリーシャの膝はがくがくと震え、立っていられなくなりそうだった。

(何これ……叔父様とバルマー夫人は、何をしているの……)

アリーシャとて、本当に何もわからないほど幼くはない。

ただバルマー夫人は、後妻とはいえ人妻だ。配偶者以外の相手と肌を重ねることは、教会の教えに反している。

何よりも、クレイの――仮にも身内の、生々しい性的な一面を目にすることを、心が激しく拒絶していた。

すぐにでもこの場を立ち去りたいのに、どうしてか目が離せない。胃の底がぐるぐるして、吐き気までしているというのに。

「あぁあ、もっと奥まで掻《か》き回して……んっ、いい、いいの、いく、いく――……!」

夫人の背中が大きく仰《の》け反り、しばしの間硬直して、ゆっくりとその場に崩れ落ちた。

隠れていたクレイの顔を、アリーシャはそこでやっと目にし――息を呑んだ。

(叔父様――……?)

クレイはひどく冷めた瞳で、はぁはぁと息を弾ませるバルマー夫人を見下ろしていた。

胸元から手巾《しゅきん》を取り出すと、汚いものに触れてしまったというように、苦い表情で濡れた指先を拭《ぬぐ》う。

クレイの膝に頭を乗せ、目元を赤らめてうっとりしている夫人は、そのことに気づいていない。

あんな冷たい目をする叔父は、アリーシャでさえ見たことがない――。

「素敵だったわ、クレイ……私にもお返しをさせてちょうだい」

瞳を蕩《とろ》けさせたまま、夫人はクレイのトラウザーズに手をかけた。前立てを緩めようとする彼女の肩を、クレイはやんわりと押し返す。

「あなたほどの人に、そんな真似《まね》をさせるわけにはいきません」

「いいの。したいの。それに私だって、あなたのこれが欲しいのよ」

「バルマー夫人……」

「何度も言わせないで。オリヴィアって呼んで」

そこからは、アリーシャには想像もつかない世界だった。

夫人の後頭部が上下し、ぴちゃぴちゃと濡れた音が立つ。考えたくはないけれど、クレイのそこを、夫人は熱心に舌で舐めているのだ。

股間の前に夫人を跪《ひざまず》かせたまま、クレイはどこか投げやりな視線を宙に泳がせていた。

ふいにその目がこちらを向き、扉の隙間を見つけて、わずかに見開かれる。

(見つかった――……!?)

アリーシャはどきりとし、反射的に後ずさった。

その拍子にドアノブに手首をぶつけてしまい、鈍い音が響いてひやっとしたが、それは夫人の苛立った声に掻き消された。

「何よ、これ! ちっとも反応しないじゃないの!」

「……すみません。やはり侯爵を裏切ると思うと緊張して」

アリーシャとしっかり目が合ったというのに、クレイは何事もなかったような素振りで、バルマー夫人に弁解した。

「意気地《いくじ》のない男ねぇ。まだ若いのに、本当に駄目なの?」

夫人は、その後もしばらくあれこれと手管《てくだ》を駆使していたようだったが、望むような結果が得られず、ついに諦めたらしい。

「もう、ありえないわ! あなたみたいな役立たず、こっちから願い下げよ!」

憤然と立ちあがると、夫人は乱れたドレスを着付け直し、扉に向かって歩いてきた。アリーシャは焦り、とっさに背中を壁に張りつかせた。

バンッ! と内側から乱暴に開かれた扉の陰で、呼吸を止めて気配を殺す。

幸い、頭に血をのぼらせていた夫人は、アリーシャの存在に気づかなかったようで、そのままずんずんと廊下を歩き去ってしまった。

(よかった……)

ほっと息をついたのも、束の間。

「行儀が悪いね、アリーシャ」

「————!」

扉が引き戻されたと思ったら、クレイが部屋の入り口で苦笑していた。

トラウザーズはきちんと引き上げられ、さっきまで淫猥な行為をしていたとも思えない、いつも通りの姿だ。

「いい子で待ってるように言ったのに。退屈だからって、覗き見なんてしちゃ駄目だよ」

「っ……駄目なのはどっちよ……!」

声を張ると同時に、アリーシャの目尻から唐突に涙が噴き零れた。

自分でも、どうしてそんなふうになるのかわからない。わからないから止められない。

「あんな……あんな、はしたないこと……いくら叔父様が、今は独身だからって……」

「ああ、泣かないで。アリーシャには、ちょっと刺激が強かったね」

背中をぽんぽんと叩かれ、赤ん坊をあやすような仕種《しぐさ》にかっとなって、ますます感情の収拾がつかなくなってしまう。

「触らないで。私、もう帰るから」

「ちょっと待ってよ、アリーシャ。そんなに怒らなくても――」

「知らない！」

夫以外の男に触れられることを望んで浅ましく乱れたバルマー夫人も、その要求を断固として拒まなかったクレイにも、腹が立って仕方がない。

それが処女《おとめ》としての潔癖さからくるものなのか、それとももっと違う感情に根差しているのか、自分でも判然としないままにアリーシャは踵《きびす》を返した。

「アリーシャ！　アリーシャってば！」

逃げるように駆け出す姪を、クレイが慌てて追ってきたが、アリーシャは決して振り返ろうとしなかった。

3 叔父の秘密

その日の深夜。

湯浴みを終え、寝台に潜り込んだものの、夜会での出来事が頭から離れないアリーシャは、まんじりともできずにいた。

(――叔父様が、あんなことをする人だなんて思わなかった)

クレイは女性に対して愛想がいいし、歯の浮くような褒め言葉もすらすら口にする。けれどそれは、社交術の一種のようなもので、本当に不埒《ふらち》なことをするのとでは話が違ってくるはずだ。

(最後までしなかったからいいとか、そういう問題じゃないわ。あんなのは不道徳だし、バルマー侯爵への裏切り行為だし、誰かに知られたら大変なことになるのに……)

この国の今の君主は女性で、若くして夫を亡くした女王は、とても潔癖な性格で知られている。

男女の醜聞《しゅうぶん》や、汚職や横領については厳罰を処し、貴族であれば爵位を剥奪される例も珍しくなかった。

(叔父様は王宮に出入りすることもあるのに……女王様のお耳に入れば、この家が取り潰しになる可能性だって……)

治まらない苛立ちに、ひとつひとつ理由をつけるように胸中で愚痴《ぐち》をこぼす。——と。

コンコン、と遠慮がちなノックの音がして、アリーシャは枕から頭をもたげた。

「……アリーシャ、起きてる？」

探るように囁く声は、クレイのものだった。

無視してしまおうとも思ったが、それもさすがに大人げないかと、アリーシャは小さく答えた。

「起きてるわ」

「入ってもいい？」

「……少し待って」

アリーシャは身を起こし、枕元のオイルランプを灯した。

寝乱れた髪を手櫛でざっと撫でつけ、周囲を見回す。ガウンを羽織りたかったけれど、今夜はやや汗ばむ陽気だったので、その用意はなかった。

仕方なく「どうぞ」と告げると、そっと扉が開いてクレイが入ってきた。

あれから着替えることもしなかったのか、夜会用の燕尾服《テイルコート》を脱いだだけの姿だ。

「アリーシャ……まだ怒ってる？」

目の前まで近づいてきたクレイは、腫《は》れ物《もの》に触るように尋ねた。

自分より十歳も年上だというのに、叱られることを覚悟した子供のような表情に、アリーシャは気が抜けてしまう。

「……もう怒ってないわ」

「ほんとに？　よかった――」

「でも、呆れてはいるのよ」

安堵に緩みかけたクレイの表情が再び曇った。

「ごめん、変なところ見せちゃって」

「本当よ。もうあんなことは絶対にしないでね」

ここでクレイが「うん」と頷けば、それで済むはずだった。

クレイも大人の男性なのだから、たまにはああいった火遊びをしてみたくなるのかもしれない。

あれきりにすると約束してくれるなら、胸のわだかまりは消えないけれど、ひとまずは仲直りをしてもいいと思っていた。

だが。

「……それはできない、かな」

クレイの曖昧な答えに、アリーシャは面食らった。

「どうして？」

「アリーシャに話しても、わかってもらえないと思う」

「私のこと、まだ子供だと思ってるの？」

アリーシャは畳みかけるように言った。

「私だってもう十七歳よ。男の人が、女性に何を求めるのかくらい知ってるわ。だからって、欲求にまかせて、奥さんでもない人とあんなことをするのを見過ごすわけには」

「違う違う、アリーシャ。誤解だよ！」

クレイは覆いかぶせるように言い、寝台の端に腰を下ろした。

「欲求にまかせてならよかったけど、俺にはそれがないから困ってるんだ」

「え？」

「女の人とそういうことをしようと思っても、体のほうがどうにもならなくて。それで、さっきもバルマー夫人を怒らせてただろう？」

「体のほうが……？」

アリーシャの視線は自然と、クレイの顔から下方に落ちた。

バルマー夫人が様々な刺激を加えていたらしい場所に目をやって、はっと我に返り、弾かれたように視線を逸らす。

（つまり、叔父様は……）

男女の秘めごとについては聞きかじりの知識しかないが、行為に及ぶ際、男性のほうが機能しなければ始まらないことくらいは知っている。

それができない状態は、いわゆる「不能」というもので――。

「よ、欲求がないんだったら、余計にあんなことしなくてもいいじゃない……！」

恥ずかしさと混乱とで、アリーシャの顔は真っ赤だった。

一方のクレイ当人は、衝撃的な告白をしたにもかかわらず、平然としたものだ。

「だからって、結婚した相手にまで、しないで済ますわけにはいかないだろう？　シエラともマリーともルイーズとも、結局はそれで別れることになったんだし」

「そんな理由で……？」

度重《たび》なる離婚の原因はそこにあったのかと、アリーシャは呆然とした。

彼女たちが口を揃えて、『クレイはおかしい』『私のことを愛してない』と言ったわけが、今になってやっとわかった。

「大事なことだよ」

クレイは真面目な顔つきで言った。

「体の関係がないと、夫婦はやっぱりうまくいかないみたいだ。俺自身は、『妻を娶ってこそ一人前』って世間体さえ守れるなら、そんなことどうでもいいと思うんだけどね」

「だ……だけど、跡継ぎが産まれないのは困るんじゃ……」

「それこそ、養子をとれば済む話じゃないか。君のお祖父さんが、俺を孤児院から引き取ったみたいに」

「――――」

何をどう言っていいかわからず、アリーシャは口を噤《つぐ》んだ。

これまでクレイの妻になった女性たちも、にわかには信じられなかっただろう。これほどに男ぶりのいいクレイが、まさか性的不能者だなどとは。

さらに、結婚は世間体のためだと言ってのける割り切った態度にも、戸惑わずにはいられない。

「このままじゃいけないと思うの……」

アリーシャはどうにか言葉を絞り出した。

「その……体のことは、お医者さんには相談したの？」

「とっくにしてるよ」

「お医者様はなんて？」

「とにかく場数を踏んで、慣れるしかないだろうって。だからバルマー夫人みたいな女性のお誘いも、なるべく受けるようにはしてるんだけど……やっぱり何をされても反応しないし、体を治そうって気持ちもどうでもよくなっちゃうんだよね」

「……そうなの」

「ああ、それから」

クレイはふと思いだしたように言った。

「医者はこうも言ってたな。実際の女性を相手にする前に、そういう状況を想像して、自分で練習してみることも大事だって」

「練習？」

「うん。自慰ってわかる？」

あっけらかんと尋ねられ、アリーシャは素直に首を横に振った。

「知らないわ」

「へぇ……アリーシャは、やっぱりまだまだ初心《うぶ》なんだね」

くすりと笑われて、こんなに心配しているのにと、少しむっとしてしまう。

「知らないけど、とにかくそれをしたら問題は解決するんでしょう？　だったら頑張って治さないと」

肉体的に健常になれば、クレイも気持ちに余裕ができて、心から誰かを愛せるようになるだろう。

「簡単に言ってくれるけどさ」

クレイは小さく苦笑した。

「自分でそれをするときには、想像を掻き立てるものがいるんだよ」

「想像を……掻き立てる？」

クレイが顔を近づけ、秘密を告げるように声を低めた。

「絵や写真を見ながらっていう方法が一般的だけど、俺の場合は、女性の肌の感触や匂いに慣れる必要があると思う」

「それって……」

「娼館にでも行くのが一番手っ取り早いんだろうね。生身の女性を前にして、その気にならないといけないわけだから」

クレイの口からそんな場所の名前が出たことに、アリーシャはうろたえた。

そこにいる女性が娼婦と呼ばれ、金次第でなんでもさせるのだということは、アリーシャも知っている。

「噂が広まるかもしれないから、これまではそういうところを使うのは避けてた。バルマー夫人みたいな地位のある女性と違って、商売女はなんだかんだで口が軽いからね。だけど、アリーシャがそこまで言うなら……気は進まないけど行ってくるよ」

「待って！」

身を翻し、その足で本当に出かけようとするクレイの腕を、アリーシャはとっさに摑《つか》んで引き止めていた。

「アリーシャ？　どうしたの」

「そんなところに行くのはやめて……病気にかかることだってあるんでしょう？」

「そういうことは知ってるんだ」

からかうように言ったクレイの腕を引き、向き直らせる。

とっさに言葉が口をついたのは、深く考えるよりも先だった。

「私じゃ駄目？」

「え？」

「私がその『練習』を手伝うことはできない？　私なら叔父様の秘密を、絶対に洩らしたりしないもの」

「何言って――……」

アリーシャのまっすぐな眼差しに、クレイが気圧《けお》されたように瞬きする。

その反応に、アリーシャもようやく、自分が口にしたことの意味を理解した。

具体的に何をするのかはよくわからないけれど、クレイが「その気」になれるような状況を、自分がお膳立てすると言っているのだ。

（私ったら、なんてはしたないことを……――）

慌てて撤回しようとした瞬間、クレイが神妙な顔でアリーシャを見つめた。

「――本当にいいの？」

「え、ええと……」

「アリーシャがそんなふうに言ってくれるなんて思わなかった。こんな話をしたら、俺のことを気持ち悪がって、軽蔑するんじゃないかと思ってたのに……」

瞳を揺らしながら語るクレイに、アリーシャは胸を打たれた。

確かにこんな悩みは、誰に相談できるものでもない。

クレイだって、バルマー夫人との行為を目撃されなければ、決して自分から暴露したいことではなかっただろう。

それを押して打ち明けてくれた以上、やはりなんとか力になれないかと思った。

(だって私は、叔父様のたった一人の家族なんだから……──)

家族だから。

困ったときは助け合うのが身内だから。

そう思うことで羞恥や躊躇《ためら》いを封じ込め、アリーシャは改めて決意を固めた。

「軽蔑なんてしないわ。叔父様のためになることなら、私は協力する」

「あぁ……──」

張りつめていたものが緩んだのか、クレイは大きく息をつき、覆いかぶさるようにアリーシャを抱きしめた。

勢い余って押し倒されるような恰好《かっこう》になり、男の体の重みにアリーシャは息を詰める。

「ありがとう……やっぱりアリーシャは、俺の一番の理解者だよ」

「叔父様……」

クレイの柔らかな癖っ毛が、頬に擦れる感触がくすぐったかった。

その髪を、アリーシャは手を伸ばしてそっと撫でた。小さい頃、彼が毎日のように自分にそうしてくれたように。

人には言えない秘密を抱え、求められるままに形式だけの結婚を繰り返し、彼もきっとつらかったはずだ。

離婚に至った三人の女性には不実なことをしたけれど、これからは同じ過《あやま》ちを重ねないように。そのための手助けを、自分ができるなら。

そう思ってはいたものの、実際にクレイの手が夜着の裾にかかったときは、びくりと身がすくんでしまった。

(や……やっぱり、服は脱がなきゃいけないの……？)

「――いいんだね？」

当惑するアリーシャの瞳を覗き込みながら、クレイの手が太腿を遡《さかのぼ》った。

少しでも嫌がる気配を見せれば即座にやめるためか、ゆっくりとした動きだった。

素肌が少しずつ露《あらわ》になり、とうとう首から夜着が引き抜かれる。コルセットをつけていない剝《む》き出しの胸がふるりと弾み、経験したことのない緊張に粟立《あわだ》った。

(叔父様には、子供の頃から着替えを手伝ってもらったり、お風呂に入れてもらったりもしたんだし……)

裸を見られるのは初めてではない。大したことではないのだと、アリーシャは懸命に自分に言い聞かせた。——それでも。

「こっちも脱がすよ」

ドロワーズの紐を解かれるときには、さすがに心臓が止まりそうになった。

下半身まで晒すことに狼狽《ろうばい》しているうちにも、クレイの手は止まらず、アリーシャは生まれたままの姿で寝台の上に横たえられた。

(恥ずかしい……)

どうにもいたたまれなくて、恥丘《ちきゅう》の淡い茂みと、ようやく人並みに膨《ふく》らみ始めた胸を隠すために腕を伸ばす。

「駄目だよ。全部見せて」

びくりと震えたアリーシャの両手首を、クレイが摑んで引き剝がした。

一糸纏《いっし》わぬ少女の肢体《したい》に、熱い視線が落とされる。

「——すごく、綺麗だ」

クレイの声はかすれていて、感じ入ったような吐息が空気を震わせた。

彼の眼差しが全身を這っていくのを、アリーシャはまざまざと感じた。

まろやかな線を描く乳房も、くびれた腰も、すんなりと伸びた二本の脚も——その間に秘められた大切な部分さえ、すべて見透かされているようで、心臓が壊れそうに高鳴った。

「早く……」

目を合わせていられなくて、アリーシャは顔を背《そむ》けた。

「その、練習っていうの、早くしないと……それをすれば、叔父様は治るんでしょう？」

「うん。アリーシャを、ちょっとびっくりさせるかもしれないけど」

言うなり、クレイはトラウザーズの前をはだけ始めた。

アリーシャはぎょっとしたが、努《つと》めてなんでもない様子を装い、人形になったような気持ちでじっとしていた。

顔は逸らしたままだったから、横目でしか確認できなかったけれど、クレイは自《みずか》らの右手をその部分に伸ばしたようだった。

何かを握り込む仕種をして、「あ……」と意外そうな息をつく。

「アリーシャのおかげだ。割といい感じだよ」

「そ……そう……」

それがどういう状態を指すのか、アリーシャにもなんとなくわかる。

おかしいかもしれないが、アリーシャは少しだけほっとした。本番では駄目になるにしても、クレイの体の機能自体は問題ないのだ。

それに、クレイが自分の裸を見てそうなってくれているというのは、恥ずかしいけれどどこか嬉しくもある。

　ずっと子供扱いされてきたけれど、魅力のある大人の女性なのだと、クレイに認められた気がして。

「自慰っていうのは、これをこうして……」

　クレイの手がおもむろに上下に動き出した。

「自分で刺激を与えて気持ちよくなることなんだけど……アリーシャはしたことない？」

「ないわ……！」

　一体何を訊《き》くのかと、声が上擦ってしまう。

　男性のやり方はなんとなくわかったけれど、女性はどうするものなのかも、そもそも知らないのに。

「私のことなんてどうでもいいでしょう？　叔父様の役に立ててれば、それで……」

「でもこれだけだと、ちょっと刺激が足りないみたいだ」

　クレイはしばし黙り込み、「ねぇ」と甘えるように言った。

「よければ、四つん這いになってみてくれないかな」

「え？」

「絵を描くときと同じだよ。モデルのポーズ次第で、見るほうもより惹きつけられる」

「……そういうものなの？」

釈然としないながらも、寝台の上に手と膝をつこうとしたアリーシャに、「待って」とクレイの声がかかった。

「逆だよ。俺のほうにお尻を向けて」

「!? そんなことしたら……」

「うん。アリーシャの大事なところが全部見えちゃうよね。でも男は、そういうのに興奮するんだ」

——毒を食らわば皿までだ。

アリーシャは泣き出しそうになりながら、体の向きを変え、クレイの言う通りの恰好になった。自分が今、何をしているのかをできるだけ考えないようにしても、四肢《しし》はがくがくと震えた。

ぱっくりと開いたアリーシャの秘部に、叔父の熱い視線が注がれる。

「うん、そう……——すごくそそられる」

その部分がよく見えるように、クレイはオイルランプの位置を動かした。

「そのまま、じっとしてて——」

そう言って、クレイは行為の続きを始めたようだった。

局部を摩擦《まさつ》する音と、それにつれて少しずつ乱れる男の吐息が、アリーシャを奇妙な心地にさせた。

(なんなの……どうして、こんな……)

自分の秘処《ひしょ》を眺めながら、クレイが興奮を覚えて自身を刺激しているのだと思うと、顔も耳も熱くてたまらなかった。

クレイの様子を振り返って確かめたいけれど、目が合ったら、きっと恥ずかしくて死んでしまう。

「──アリーシャのお尻は、すごく可愛いよね」

クレイがわずかに距離を縮める気配がした。

「小さくて、柔らかそうで……その間の大事なところも、薔薇の花が咲いたみたいで」

「叔父様……!」

「大丈夫、触ったりしないから。見てるだけだよ……アリーシャの、可愛い女の子の部分をね」

──こんなにも色めいた声で話す人だっただろうか。

互いの肌は少しも接触していないのに、クレイの体温が上昇していることがわかった。

空気が蜂蜜《はちみつ》のようにねっとりして、一秒が数倍にも引き延ばされたような気がする。

「あれ……？」

クレイが不思議そうに呟いた。

「アリーシャのここ、なんだかきらきらしてるんだけど……もしかして、見られてるだけで濡らしちゃった？」

「濡れ……って？」

「知らないの？　女の人のここは、興奮するとぬるぬるした液を滲《にじ》ませるんだよ。男のこれを迎え入れたくて、そうなるようにできてるんだ」

「……っ！」

アリーシャは激しく動揺した。

確かにさっきから、その箇所はじくじくと疼いていて、空気の流れが冷たく感じられた。だけどそれが、クレイの言うように濡れているからだったなんて。

それではまるで、アリーシャの体がクレイの雄を求めて、準備をしてしまっているようではないか。

「違うもの……私は、そんな……っ」

クレイは自分の叔父なのだから。

血の繋がりがないとはいえ、ずっと一緒に暮らしてきた家族なのだから、そこまでふしだらなことはできるわけがない。

「ごめん。俺の勘違いだよね」

混乱するアリーシャを宥《なだ》めるようにクレイは言った。

「アリーシャは、汚いことも淫らなことも何も知らない純粋な子だから……そんないやらしい反応なんか、するわけないよね」

こくこくと頷きながらも、股の間の違和感はどんどん強くなっていった。

どんな状態になっているのか、触れて確かめてみたいけれど、クレイの目の前ではそんなことができるわけもないし、本当に濡れていたとしたら、どうすればいいかわからない。

「ねぇ、まだ……？」

いつまでこんな姿勢でいなくてはいけないのかと、アリーシャはか細い声で尋ねた。

「早く終わらせてほしい？　――じゃあさ」

クレイはさらなる提案をした。

「アリーシャも手を貸してくれる？　俺だけが一人でするんじゃ、やっぱり恥ずかしいし」

「手を貸すって……」

「アリーシャだって、いつかは誰かに嫁ぐんだから。男の体のことをよく知っておくのは、大人の女性として大事なことだよ」

クレイは優しげな声で促した。

「ほら、こっちを向いて」

――こんなのはおかしい。普通じゃない。

そう思うのに、一度自分から「協力する」と言った以上逆らえず、アリーシャは体を起こして、おずおずとクレイに向き直った。

「ほら、見て。アリーシャが色っぽいから、俺のここ、もうこんなになってる」

クレイがアリーシャの手を取って、自分の下肢《かし》に導いた。

そこにそそり勃《た》つものの威容《いよう》に、アリーシャは目を見開いた。

(嘘……こんなに……？)

男性のその部分を女性の体内に収め、子種を放つと赤ん坊ができる。

そのことは侍女から聞いて漠然と知っていたけれど、これほど大きくて硬そうで凶悪な形をしているなんて思わなかった。

世の女性は本当にこんなものを受け入れているのかと、恐ろしくさえなってしまう。

「触ってみて。……――どう？」

「……熱い」

血管の浮いた幹を握らされて、アリーシャは思わず呟いた。

そこは指が回り切らないほどの太さで、アリーシャが触れた瞬間、いっそう嵩《かさ》を増したような気がした。

「擦ってくれるかな。……こうして」

自らの掌《てのひら》で、アリーシャの手ごと握り込んで動かし、クレイはそのやり方を教えた。

初めはゆっくりと。それから、だんだんと速く摩擦する。

「もう少し、ぎゅっと……でも力を込めすぎないで……ああ、そう……いいよ、アリーシャ……」

クレイが短い息を吐いて、眉間に皺《しわ》を寄せている。

苦痛に耐えているようにも見えるけれど、おそらく彼にはこれが快感なのだ。

(小さい頃、叔父様のここは、お風呂で見たはずだけど……)

一緒に浴槽に浸《つ》かって無邪気にはしゃいでいた頃とは、大きさも形状もまったく違う。

家族とはいえ、クレイが一人の異性だったことを、改めて意識させられる思いだった。

快感を耐え忍びながら、クレイは窺うような目でアリーシャを見つめた。

「ごめんね、こんなことさせて……本当に気持ち悪くない……?」

「……そんなことない」

それはアリーシャの本心だった。

突拍子《とっぴょうし》もないことをしている自覚はあるが、相手がクレイであれば構わない。

母と祖父を亡くしたとき、泣きじゃくるばかりの自分を、クレイは懸命に慰めてくれた。

兄にもなり、父にもなり、時には母親の代わりさえして、アリーシャをこの歳まで育ててくれた。

だから、今度はこっちの番だ。

クレイが人には頼れないことで困っているのなら、自分はそれを助ける義務がある。

(そうよ――これは、叔父様が普通になるための『治療』なの)

そんな大義名分を掲げて、アリーシャはクレイを見つめ返した。

「私で役に立てるなら、本当にいいの。……叔父様のことが大切だから」

「アリーシャ……――」

アリーシャを片腕で抱き寄せると、クレイはその額に口づけた。

「お、叔父様?」

「嬉しいんだ。こんな俺を見捨てなかったのは、アリーシャだけだから……」

額から目尻へ、頬へ、鼻の先へと、クレイの唇が移っていく。

顔中に口づけの雨を降らされて、アリーシャは息を詰めた。ひとつひとつは親愛のキスのようでもあるけれど、それだけというにはひどく情熱的で。

「んっ……」

顎へのキスを受けたとき、ほんの少し首を動かせば、唇が重なってしまう距離にどぎまぎした。

クレイの眼差しも狂おしく絡みつくようなものになり、張りつめた雄茎《おすぐき》がますます熱を帯びていく。

「は……アリーシャ、もう……」

クレイが苦しげに呻《うめ》き、アリーシャの背をより強く引き寄せた。

アリーシャの手を扱《しご》かせる動きは信じられないほど速くなり、先端の小さな孔《あな》がひくついている。

「気持ちいい……達《い》きそうだ……」

「えっ……あの、私、どうしたら……」

「このままでいて……ん、出る……出すよ……く――っ……！」

どくんっ、と手の中の肉塊《にくかい》が脈動したと思ったら、鈴口の割れ目から夥《おびただ》しい量の白濁が噴き上がった。

それはアリーシャの腹を汚し、胸にまでびしゃびしゃとかかって、青臭い匂いを撒き散らしていく。

（これが、叔父様の子種……――？）

アリーシャは呆然とし、それを指先ですくった。

温かくて生臭くて、粘ついた糸を引くもの――これを腹の中に注がれれば、女性は赤子を孕《はら》むのだ。

「……ありがとう、アリーシャ」

欲望を解き放ったクレイは、はにかむように囁いた。

「汚しちゃってごめん。すぐに拭くから……それともまたお風呂に入る？」

「……そうするわ」

「俺が洗ってあげようか。久しぶりに一緒にさ」

「だ、大丈夫だから……それよりも、こんな感じでよかったの？」

「ああ。充分すぎるくらいだ」

「そう……」

思い切って要望に応えた甲斐があったと、アリーシャは深い安堵の息をついた。

「だから、またときどき付き合ってくれる？」

「えっ……」

当たり前のように言われて、アリーシャは目を白黒させた。

「こ、これきりじゃないの？」

「俺にとっては根が深い問題だからね。そんなに急に解決したりしないよ」

肩をすくめたクレイは、「それとも」と続けた。

「アリーシャは、やっぱり嫌？　こんなこともうしたくない……？」

すがるように見つめられて、アリーシャはごくりと唾《つば》を呑んだ。

クレイが頼れる相手は自分だけ。

どれだけたくさんの女性に言い寄られたところで、彼の苦悩を受け止められる人間は、他に誰もいない――。

「わかった……協力、するわ」

つっかえつつも答えると、クレイはとても嬉しそうに微笑んだ。

その笑顔に、アリーシャは正しいことをしているのだという確信を強めようとした。

（――これは『治療』なんだから）

肌にこびりつく体液の匂いに、酔わされるような目眩《めまい》を覚えながら。

やましいことではないのだと、何度も胸の中で繰り返して。

4　囚われた天使

『叔父様。……叔父様ったら！』

『わっ、びっくりした――どうしたの、アリィ』

『どうしたのじゃないわ。さっきから何度も呼んだのに』

庭園の一角でスケッチをしていたクレイの肩を揺さぶって、アリーシャは小さな唇を尖《とが》らせた。

二人のそばには、白く密集した小花を咲かせるマロニエの木が植わっており、枝葉が春風に揺れている。

『今日はおやつのあと、鬼ごっこをする約束だったでしょ？』

もう少しで五歳になるアリーシャにとって、十歳違いのクレイは恰好の遊び相手だった。

メイドたちは当主の孫娘であるアリーシャに遠慮して、勝負事などは本気になってくれないし、おっとりした母の前では、お転婆な振る舞いをすると叱られてしまう。

その点、クレイはどんな遊びにでも真剣に付き合ってくれたし、花の名前や生き物の生態について、アリーシャの知らないことをたくさん教えてくれた。

遊び疲れたアリーシャが眠ってしまっても、部屋まで抱いて連れ帰ってくれるし、ときにはそのまま一緒に昼寝をすることもある。

そんなクレイのことが、アリーシャは大好きだった。

クレイもアリーシャを妹のように可愛がってくれたし、家庭教師について学ぶ時間以外のほとんどを、アリーシャのために費やしてくれる。

――けれど。

『叔父様が絵を描いてるときは、つまんない』

アリーシャは拗《す》ねるように訴えた。

この家に引き取られる前から、絵を描くことはクレイの唯一の趣味らしかった。

ところ構わず画帖を広げ、デッサンに没頭するクレイの集中力は桁外れで、今のようにアリーシャが声をかけても、なかなか気づいてもらえない。

『今日の雲の様子が、ちょっと面白かったからさ』

画帖を見せて言い訳をしかけたクレイは、むっつりしたアリーシャに気づいて、『ごめん』と首をすくめた。

『約束を破ったのは俺が悪かったね』

アリーシャを抱き上げて膝に乗せると、クレイは胸ポケットから、鮮やかな色紙に包まれたキャンディを取り出した。

『ほら。これをあげるから、機嫌を直して？』

『ん……』

ぱくりと開けた口に、包み紙を剝がしたキャンディを放り込まれた。

たちまち蕩《とろ》ける甘さにうっかり頬が綻《ほころ》ぶが、こんなことで誤魔化《ごまか》されてしまってはいけないと、慌てて表情を引き締める。

『絵を描くのって、そんなに楽しいの？』

『そうだね……こうしてるときだけは、いろんなことを忘れられるから』

そう答えたクレイは、単純に嬉しいというわけでもないような、儚《はかな》げな笑みを浮かべていた。

なんだか引っかかったけれど、クレイにとってそんなにも大切なことなら、あまり邪魔してはいけないのかと思う。

（……そうだ）

アリーシャははっとひらめいた。

『だったら、私の絵を描いて』

『――アリィを？』

『そうしたら叔父様ともっとずっと一緒にいられるし、お話をしてれば退屈じゃないわ。ねぇ描いて。描いて、お願い！』

いいことを思いついたと無邪気にねだるアリーシャに、クレイはしばし思案したあと、

『いいよ。わかった』

と頷いた。

『だけど、描くとなったら毎日だよ。いつでも手を動かしてないと、絵の腕は簡単に鈍るから』

『平気よ。私、叔父様専属のモデルになる！』

ぴょんと立ちあがり、腰と頭に手を添えて気取ったポーズを取ると、クレイはおかしそうに噴き出した。

『ああ、もう……アリィは本当に可愛いな』

眩しいものを見るように、クレイは目を細めた。

『背中に羽でも描きたいくらいだよ。――誰より純粋な、俺だけの天使がここにいる』


「アリーシャ様、そろそろ風が冷たくなってまいります」

夕暮れの庭に佇《たたず》み、マロニエの木を見上げていたアリーシャは、声をかけられて追憶から我に返った。

「クロード……」

「どうぞ、これを」

いつの間にかやってきていた家令のクロードがショールを広げて、アリーシャの肩に羽織らせた。

頭髪に白いものが交ざり始める年齢のクロードは、アリーシャが生まれる前からヴィラント家に仕えてくれている。

「どうなさったのですか？　この木に、何かおかしなところでも？」

「ううん、なんでもないの」

花が咲く季節でもないのにと、怪訝《けげん》そうなクロードに、アリーシャはそう取り繕った。

「叔父様はもう出かけたの？」

「はい。今夜もご婦人とオペラハウスに」

「……そう」

相槌《あいづち》を打つ声が、どうしても素っ気なくなる。

バルマー侯爵家の夜会に招かれたあの日から、季節は巡り、秋となった。

それだけの時が過ぎても、『治療』と称した例のやりとり――服を脱いだアリーシャが扇情的なポーズをとり、クレイが己《おのれ》を慰める行為――は、週に一、二回ほどの頻度で繰り返されていた。

回数を重ねても、羞恥や戸惑いが薄れることはなかったけれど、自分から言いだしたことなのだからと、今のところは求められるままに付き合っている。

それはそれとして、アリーシャの胸にはもやもやとした思いが渦巻いていた。

（私の絵を、毎日描くんだって言ったのに――……）

マロニエの木に背を向けて歩き出しながら、クロードに気づかれないよう溜め息をつく。

ここ最近、クレイは日課だったアリーシャの絵を描かない。

以前のように、決まった時間にアリーシャがアトリエに向かっても、

『今日は気が乗らないから』

『なんだか集中できないから』

と、のらりくらりとした理由をつけて、絵筆をとってくれないのだ。

(私はもう、叔父様にとっての『天使』じゃなくなったの……?)

クレイのためにと思うあまり、服を脱ぎ、はしたない恰好をするようになって。

クレイは感謝していると言ってくれるけれど、本当に無垢で貞淑な娘であれば、やはり普通はしないことだ。

クレイはこれまでに三度も結婚したけれど、妻のうちの誰一人として、絵のモデルになったことはなかった。自分だけがクレイのモデルを務められるのだと、ひそかな優越感を抱《いだ》いていなかったと言えば嘘になる。

けれどそんな小さな誇りも、今となっては意味をなくした。

成長し、生々しい『女』の体を持つアリーシャは、クレイの創作における興味の対象から外れてしまったのかもしれない。

(叔父様の助けになりたかっただけなのに、こんなことになるなんて……)

アリーシャが寂しさを覚える一方で、クレイはこれまでと同様に、晩餐会《ばんさんかい》や夜会などの催しにも足を運ぶ。相変わらず見た目だけは完璧な彼には、女性からの誘惑が引きも切らないようだった。

夜会のその場で小部屋に引っ張りこまれることもあれば、個人的な茶会に招かれたり、密会の場を指定されて出かけていくこともある。

もっとも、アリーシャとの『治療』はそこまで功を奏しているわけではないようで、最後までできずに終わるのは変わっていない。

そして、今夜も――。


「ただいま、アリーシャ」

ブランデーを落とした紅茶を飲みつつ、居間の長椅子に座ってぼんやりしていると、帰宅したクレイが顔を覗かせ、意外そうに言った。

「俺を待っててくれたの？　もうずいぶん遅いのに」

「別に。……ちょっと眠れなかっただけだわ」

嘘だった。

彼の言う通り、アリーシャはクレイの帰りを待っていた。彼が女性と二人きりで出かけた夜は、どうしてか気持ちがそわそわする。

「……それで、どうだったの？」

「何が？」

「だから、オペラハウスで……もちろんボックス席だったんでしょう？」

今夜のクレイの相手は、数年前に夫を亡くした三十代半ばの婦人だった。潤沢な遺産に恵まれた彼女は、年下の恋人をとっかえひっかえしており、このたびクレイもそのお眼鏡にかなったというわけだ。

オペラのボックス席は、舞台から離れた階上に作られており、カーテンを閉めきってしまえば、外からは誰も覗けない。

歌手の歌声やオーケストラの演奏が響く中、淫らな悪戯に耽《ふけ》っても気づかれない——というより、それを目的とした逢瀬《おうせ》のための場所でもある。

今夜の首尾はどうだったのかと、アリーシャが尋ねあぐねている間に、クレイは察したように首を横に振った。

「駄目だったよ。いつも通りだ」

「……そう」

「ごめんね。アリーシャには、いろいろ協力してもらってるのに」

隣に腰かけたクレイは、アリーシャの肩に落ちた髪を指先ですくって弄《もてあそ》んだ。

特に意味はない仕種だろうが、アリーシャはどきりとしてしまう。

——こんな反応を示すだなんて、自分は変だ。

クレイとこれくらいの距離で触れ合うのは、昔から珍しくもないことなのに——それどころか、最近はもっと大胆なことだってしてしているのに。

「相手の方には怒られなかったの？」

動揺に気づかれないよう、アリーシャは尋ねた。バルマー夫人のときのように『役立たず！』と罵《ののし》られることはなかったのかと。

「それは大丈夫。俺も精一杯ご奉仕させてもらったし」

「奉仕って？」

「最後までしなくても、女性を満足させる方法はいろいろあるってこと。自慢するのもおかしいけど、その方面の技だけはそれなりに磨かれてきてると思うんだよね」

言いながら、クレイがちらりと横目になったのが艶《なま》めかしくて、アリーシャは慌てて顔を伏せた。

（いろいろって……叔父様は、どんなことを……）

その指で。あるいは舌や唇で。

叔父は女性の体のどこに触れ、どんな快感を与えるのか。

そのときに何を考えて、どんな表情をしているのか。

それだけは、アリーシャも知らないクレイの姿だ。

「興味があるの?」

耳元で囁かれて、アリーシャの肩は小さく跳ねた。

「アリーシャのほっぺた、赤くなってる。……俺が何をしてきたか、想像した?」

「そんなこと……」

否定しようとしたが、声は弱々しく途切れた。

クレイの服から漂う、癖のある香水の匂い。

とろりとした果汁を滲ませる、腐り落ちる寸前の果実のような——……こんな香りは、自分は好きではない。

「俺だって、このままじゃいけないと思ってる。心配してくれるアリーシャのためにも、一日でも早くまともにならなきゃいけないって」

まともになったら——普通に女性を抱ける体になったら、クレイはまた、新たな妻を迎えるのだろうか。

それでいい。そのはずだ。そのためにアリーシャは『治療』に付き合ったのだから——目的が達成されれば、もうあんなことをしなくてもよくなる。

「でもね。最近、思うようになったんだ」

膝の上に置いていたアリーシャの手に、クレイがそっと手を重ねた。

「やっぱりああいうことは、好きな人としなきゃうまくいかないんじゃないかって」

「好きな人――……？」

アリーシャの喉は渇いていて、鸚鵡《おうむ》返しの声がかすれた。

「叔父様には、好きな人がいるの？」

「……好きになっちゃいけない人なら、いるよ」

「誰？」

アリーシャは思わずクレイに向き直った。自分で思うよりも険しい表情をしていたのか、クレイが軽く目を瞠《みは》った。

「好きになっちゃいけないってことは、人妻とか？　それとも、結婚できないような身分の人？」

そうであればいい――と願っている自分に気づいた瞬間、アリーシャは愕然《がくぜん》とした。

（私、どうして……）

ほんの数ヶ月前までは、クレイが幸福になることを望んでいたはずなのに。

彼がまっとうな結婚をして、心身ともに愛せる妻を得られたら、そのときはやっと自分もこの家を出て嫁ぐことを考えられると思っていたのに。

「アリーシャ、どうしたの。怒ってるの？　それとも……」

クレイが心配そうに眉を寄せた。

「――泣きそうだよ」

アリーシャは手首を返し、叔父の手を握り締めた。振り解《ほど》かれるのを恐れるように、強く爪を立てて。

「私は……――」

言えるわけがない。

クレイにはずっと変わらず、このままでいてほしいなんて。

もう出かけるたびに、違う女の香りを纏わせて帰ってきてほしくないだなんて――。

「……叔父様がいつか、その好きな人と結ばれればいいと思うわ」

胸の痛みを押し殺し、アリーシャはなんとかそう言った。

きっと自分は、少し血迷っているだけだ。

いつだってアリーシャを見守ってきてくれたクレイが、自分以上に大切な存在をそばに置くのが悔しい。これはおそらく、そんな子供っぽい焼きもちだ。

「だけど俺はその人と、絶対に結婚はできないんだ」

悩ましげなクレイを励ますようにアリーシャは笑った。

「叔父様らしくないわね」

「どういう意味？」

「叔父様は我儘で、欲しがりだわ。一旦《いったん》これだって思ったら、引くことなんて知らないじゃない」

とりたてて贅沢好みではないけれど、いざ深く惚れ込んだものには、激しい執着を見せるのがクレイだ。

家具も馬も狩猟用の銃も、これぞというものを見つけたら、どれだけ金と時間をかけても手に入れる。普段は飄々《ひょうひょう》としているようで、こだわりの強い男なのだ。

「どんな障害があったって、叔父様なら大丈夫よ」

「……そうかな」

「そうよ。というより、そんなに好きな人だったら、諦めることなんてできないでしょう？」

「ああ。世間からどれだけ非難されても、彼女が欲しい」

クレイの瞳に剣呑《けんのん》で艶めいた光が浮かんで、アリーシャは戸惑った。

「彼女自身に拒絶されても、軽蔑されても――もう、我慢の限界なんだ」

「叔父様？　ん……っ――!?」

唇に自分以外の温《ぬく》もりを覚えて、アリーシャは声を詰まらせた。

　――クレイがアリーシャの顎を上向かせ、噛みつくように口づけていた。

　唐突な事態にアリーシャは混乱し、石と化したように動けなくなる。

（叔父様が、私に……嘘よ――……）

　何が起こっているのか理解できないわけではないのに、理性がそれを認めることを拒んでいた。

「は……――」

　気の迷いやふざけ半分ではないのだと知らしめるように、クレイは接吻《せっぷん》を深くした。

　ぬるりとした舌がアリーシャの唇を割って入り、歯の裏から喉の奥まで、性急に口内を舐め回していく。

「ふ……ぁん……っ……」

　クレイに腰を撫でられて、ぞくぞくした感覚に体の力が抜けていった。

　そのまま長椅子に押し倒され、鼻に抜ける声を洩らしながら、激しいキスを受け止めることしかできなくなる。

「――……好きだよ、アリィ」

　唇を交わしながら、クレイは切なげに囁いた。

　アリィ、と甘やかに響くその声は、身内である姪に対するものではなかった。

恋人同士が睦《むつ》み合う最中にだけ呼びかけるような、淫靡《いんび》に色めく秘密めいた声だった。

「本当はずっと、アリィのことが好きだった」

アリーシャの頬に手を添わせ、クレイは万感の想いを乗せるように口にした。

「いつからか、アリィのことを女として見てたんだ。そのせいで、他の女の人が駄目になったのかも」

「……冗談でしょう」

「本気だよ。こんな気持ちは断ち切らなきゃいけないって、形だけの結婚も繰り返したけど、やっぱり諦められなかった。俺が欲しいのはこの世でたった一人、アリィだけだ」

「あ……」

再び唇を塞がれながら、アリーシャの胸に込み上げてきたのは、驚愕と困惑と、それを上回る喜びだった。

(信じられない……けど、本当に――……？)

アリーシャにとってのクレイは、ずっと特別な存在で。

誰より近い家族だけれど、彼以上に魅力的な人など知らなくて、他の男性に恋をするような余裕もなかった。

そんな叔父の想う相手が自分だというのは奇跡のようで、背筋がぶるりと震える。

クレイの手が首を撫で、肩を滑り、胸元を押さえるにいたって、戦慄《わなな》きはいっそう強くなった。

「叔父様……そこ……」

「ごめんね」

クレイは痛みを堪《こら》えるように微笑んだ。

「俺は君の叔父で、保護者なのに……誰にもやったりしたくない。これまでもこの先も、アリィを俺だけのものにしたいんだ」

「でも……——んっ」

声が跳ねたのは、ドレスごしの胸の頂《いただき》を、クレイの指先が軽く引っ掻いたせいだ。

そこから走った鮮烈な痺れは、アリーシャにとって未知の感覚だった。

これまでクレイの前で裸になり、自慰の手伝いまでしておきながら、彼は決してアリーシャの体に触れようとはしなかったから。

「私たち……家族、なのに……」

「だけど、血の繋がりはない。だろう？」

共犯者の顔をしてクレイは囁く。

それはアリーシャの頭の片隅にも、こびりついて離れない事実だった。

もちろん血縁関係にないといっても、肉親として過ごした過去がある限り、背徳感が拭い去られるわけではない。

世間に知れたら外聞の悪すぎることだし、アリーシャ自身もまともな縁談など望めなくなってしまうだろう。

(でも……叔父様は、私を誰にもやる気はないって……)

保護者であるクレイが承諾しなければ、駆け落ちでもしない限り、アリーシャは誰とも結婚できない。そこまでして結ばれたい相手など、今のアリーシャにはいないし、これからもできる気がしなかった。

――自分の心は、もうすっかり叔父に囚われてしまっているのだから。

「俺の部屋に行こう、アリィ」

アリーシャの背に腕を回して抱き起こし、クレイはそう囁いた。

「俺のことが嫌いなら、逃げて。そうじゃないなら、部屋に着くまでに覚悟を決めて」

(ずるい……)

そんな言い方をされては逃げられない。

横抱きにされ、瞳を潤ませるアリーシャに、クレイはこれ以上ない蠱惑的《こわくてき》な笑みを浮かべた。

「――愛してるよ、俺のお姫様」

『女性を満足させる方法はいろいろあるってこと』とクレイは言った。

『自慢するのもおかしいけど、その方面の技だけはそれなりに磨かれてきてると思うんだよね』とも。

その言葉を裏付けるように、アリーシャを寝室に連れ込んだクレイは、彼女のドレスも下着も脱がせて、何時間も執拗な愛撫を加えた。

「あぁ、あ……やあ、あ……っ」

広い寝台の上には、横たわるアリーシャの黒髪が散って、身悶えするたび生き物のようにうねる。

クレイはさきほどからアリーシャの胸に吸いついて、舐め溶かしてしまうかのように、桃色の先端を舌で転がし続けていた。

「ん……すごいね、どんどん硬くなる。こんなにつんと尖って、色も濃くして……」

囁くクレイもシャツを脱ぎ捨て、引き締まった上半身を晒していた。

トラウザーズはまだ身に着けたままだが、その股間のものがしっかりと膨らんでいるのは、太腿に当たる感触でわかった。

（叔父様が、私に触れて興奮してる……――）

今夜はクレイが自分で触ることもしていないし、最初のときのようにアリーシャが直接に手を貸しているわけでもない。

それにもかかわらず隆々と力を漲《みなぎ》らせた雄の象徴に、胸がどきどきと高鳴ってしまう。

「可愛いよ、アリィ」

小振りなオレンジほどの乳房をやんわりと揉み立て、クレイはその弾力を楽しんでいるようだった。

口腔《こうこう》に含まれていないほうの乳首は、指の間に挟まれて、こりこりと絞るように刺激される。

「ん、ぁ……はぁ……や……」

絶え間なく注がれる愉悦に、アリーシャは細く喘いだ。

これまで誰にも触れられたことのないふたつの蕾は、温かな舌や指を押し返すように硬く実り、じんじんと疼いている。

「いっぱい気持ちよくしてあげる。ずっとアリィとこうしたかった――」

「あぁ、あ、叔父様……」

勃《た》ちあがった乳首を啄《ついば》まれ、前歯で嚙みされながら吸引されると、腰が砕けそうになった。クレイの指が動くにつれて、白い柔肉《やわにく》はむにゅむにゅと形を変え、しっとりと興奮の汗を帯びていく。

「だめ……そんな、吸われたら……変になっちゃう……」

「いいんだよ、変になって」

ちゅくちゅくと乳首を舐めながら、クレイは上目遣いで告げた。

「セックスは、普段は秘密にしてる恥ずかしいところを何もかもさらけ出すんだ。——それができる相手とじゃなきゃ、うまくいくわけなかった」

最後は、自分自身に言い聞かせるように呟いて。

クレイはいっそう激しく、両胸の乳頭《にゅうとう》を弄《もてあそ》び始めた。しこったそこをねとねとと舐められ、膨らみにぐりぐりと押し込まれると、腰がくねるように動いてしまう。

「う……ふぁ、はぁ……——」

触られているのは胸だけなのに、降り積もる愉悦は下肢にまでじわじわと伝い降りていった。

アリーシャはもじもじと太腿を擦り合わせ、面妖《めんよう》な感覚を散らそうとするが、それに気づかないクレイではない。

「どうかした、アリィ？」

「っ……なんでもない……」

「そう？　本当になんでもないのかどうか、確かめてもいい？」

「あっ……や、そこ……いやっ……！」

クレイの右手がアリーシャの股間に滑り込み、再び目の前にかざされたとき、その指先には、とろりとした液体がたっぷりと纏わりついていた。

クレイが指を擦り合わせるとねちょねちょという音が立ち、離れた指の間には、細く透明な糸が引かれる。

「なんだろうね、これ」

「……知らない」

「俺はちゃんと教えたはずだけどな」

しらばっくれるアリーシャを、クレイはにやりと笑って追い詰めた。

「女の人のここは、興奮すると濡れるって。それはなんのためなのかってことも」

「…………」

「俺のこれが、硬くなってるのと同じ理由」

男女が互いを欲し、結ばれたいと強く望むと、体はそのように変化する。

それを教えてくれたのは確かにクレイで、アリーシャに弁解の余地はなかった。

「脚を開いて、アリィ」

「え……」

「ほら、体を起こして。俺のほうを向いてごらん」

腰の後ろにクッション代わりの枕をあてがわれ、クレイの正面に向き直らされる。

両膝を大きく開かされた瞬間、初めてのことではないのに、心臓が早鐘を打った。

(見られてる……いっぱい濡らしちゃったところ、叔父様に……)

アリーシャの股座《またぐら》は失禁でもしたようにとっぷりと濡れそぼち、後孔《こうこう》までもがてらてらと濡れ光る有り様だった。

「ああ、もうぐっしょりだ」

クレイが嬉しそうにそこを覗き込み、再び指先で秘裂をなぞった。

「ちゃんと触ってあげるのは初めてだね」

「んぁ……ああ、あっ……」

薄い花弁《はなびら》を掻き分けられ、蜜口《みつくち》の周囲を、円を描くようになぞられる。

自分でもろくに知らない場所に触れられるのは、とてもおかしな感覚だった。

胸を責められていたときよりもみっともなく喘いでしまいそうで、唇を噛みしめて声を堪《こら》える。

「中も拓《ひら》くよ……」

秘唇《ひしん》の狭間をゆるゆるとまさぐっていた指が、くぷりと沈む場所を見つけて潜《もぐ》り込んだ。

外から体内を暴かれる衝撃に、アリーシャはとっさに泣き言を洩らした。

「や……待って。入れちゃ……」

「よく馴《な》らさないと、アリィが痛い思いをするんだよ？」

子供の頃、転んで怪我をし、消毒を嫌がったアリーシャに告げるように。

こうすることがアリーシャのためなのだと言い聞かせながら、クレイは中指を狭い蜜道《みつどう》に押し入れていった。

「濡れてるけど、やっぱりきついね……自分で弄《いじ》ったことがないっていうのも、この分だと本当なのかな」

「し……しないわ、そんなこと……」

圧迫感に呼吸を弾ませ、アリーシャは弱々しくかぶりを振った。

「じゃあ、アリィの内側に触れたのは、本当に俺が初めてだね」

嬉しそうに言って、クレイは根本まで埋めた指を、中でぐるりと回した。

臍《へそ》の裏側の柔らかな場所を押されて、アリーシャの下腹は、傍から見てもわかるほどにびくんと波打った。

「っ……――！」

「その反応、痛いんじゃないよね？」

「違う、けど……あ、だめ、いやぁ……」

内臓に近い場所をまさぐられて、言いようのない不安とともに、濃密で淫猥《いんわい》な感覚が生じ始める。

腰回りが重く痺れ、与えられる刺激に蜜洞《みつほら》はいっそう狭隘《きょうあい》になって、クレイの指を締めつけた。

「アリィのここ、ちゃんと悦《よろこ》んでるよ？」

「う、そ……」

「嘘じゃないよ。あったかい襞《ひだ》が絡みついてきて、中も熟れた桃みたいにぐじゅぐじゅで……」

「や、動かさないで……ひぁあ……っ」

ぬちゅぬちゅと中を探る指は、次第に大胆になっていった。敏感になった内壁《ないへき》をまんべんなく擦り尽くし、じゅぶじゅぶと奔放《ほんぽう》な抜き差しが始まる。

攪拌《かくはん》された愛液が掻き出され、クレイの掌《てのひら》ばかりか、手首までをも濡らしていった。

「奥から、いくらでも溢れ出てくる……俺の思った通り、アリィは感じやすい女の子だね」

やがてクレイは、秘処《ひしょ》の上部に位置する、薄い莢《さや》に包まれた肉の芽を親指で押さえた。半ば露出しかけている秘玉《ひぎょく》を、潤みを纏った指で優しく撫でられた瞬間、これまでとは明らかに違う種類の快感に火がついた。

「ぁあああっ……！」

我慢していたのも忘れ、アリーシャは全身をびくつかせて高い声を放った。

クレイは決して強く触れているわけではないのに、灼《や》けつくような鋭い快感に腰が大きく浮いてしまう。

指先を小さく動かされるだけで、どうしようもなく切なくてもどかしい感覚が、ぐんぐんとせり上がってきた。

「や、何……あぁぁ、いやぁ……っ」

「気持ちよくなってきた？　いいんだよ、たくさん感じて……アリィの可愛い声、俺にいっぱい聞かせて」

熱っぽく囁きながら、クレイはアリーシャの耳朶《じだ》を食み、耳孔《じこう》にも舌を差し入れた。

ちゅくちゅくと耳の中で響く音が、秘処《ひしょ》からあがる水音と相まって、アリーシャをいっそう淫靡《いんび》な気分に追い立てる。

「アリィのここ、小さいけどぷっくり膨れて赤くなってる……胸の先と同じ色だ」

「やぁんっ……！」

再び乳首をきゅっと摘《つま》まれて、快楽を注がれる場所が増やされた。

先端をくにくにと弄《いじ》られ、軽く爪を立てられると、下腹の奥が引き攣《つ》れるように甘く疼いた。

そうされながら、下肢のほうで蠢《うごめ》く指は、陰核《いんかく》に蜜を塗り込めるように細《こま》やかに動き続けている。

「あ、ぁああ、や、叔父様ぁ……っ……」

どこか遠い場所に押し流されてしまいそうで、アリーシャはクレイの背に必死でしがみつき、泣きそうな声をあげた。

「も……やめ、何か……あっ、あっ」

「……このままだと、達《い》っちゃいそうだな」

アリーシャを見下ろしながら、クレイは小さく独りごちた。

「でも、まだ駄目だよ。俺がアリィの全部を味わうまで、我慢して」

ふいにクレイの体が離れ、体内に入り込んでいた指も抜かれた。

解放感に息をついたのも束の間、次の瞬間、アリーシャは大いに狼狽した。

「叔父様、何して……あっ、そこ、だめ……──！」

アリーシャの悲鳴を無視したクレイは、どろどろになった女陰《にょいん》に顔を伏せ、躊躇《ためら》うことなく口づけた。

自分の脚の付け根で、くすんだ金髪の頭が揺れているのは、目眩がするほどにいやらしい光景だった。溢れる蜜を舌がすくい、じゅっと音を立てて吸われるのに、アリーシャは首を打ち振って悶えた。

「あ、やあ、舐める、なんて……そんなとこ、いや……嫌……っ！」

「大丈夫だから、俺のしたいようにさせて」

くぐもった声が股間で響く、わずかな振動にさえ感じてしまう。

「君の体なら、俺にはどこだって御馳走《ごちそう》なんだよ。いい匂いがして、すごく甘い──」

そんなわけないと否定したいけれど、クレイは本気でそう思っているようで、秘裂《ひれつ》に舌を突き入れては熱心に舐めしゃぶった。まるで体の入り口近くで、小さな魚が躍《おど》り跳ねているようだ。

「ひぅ、あ、あぁ、そんな、中まで……っ」

ねろりねろりと蠢《うごめ》く舌に、粘膜の壁を刺激されて、アリーシャは息も絶え絶えになる。

しかもクレイは空いた手で、なおも両の乳首を転がし、強弱をつけて扱《しご》いてくるのだ。

「ん……また、蜜が溢れて……アリィもこれ、気に入った……？」

「ぁあ、はっ……あぁあああ、あ――……」

「答えられないくらい気持ちいい？　だったら、こんなのはどう？」

さきほど指で丸々と育てきった秘玉《ひぎょく》に、クレイはちゅっとキスをした。

びくんっ、とアリーシャの背が仰《の》け反ったのを確かめると、すかさずそのまま口内に引き込み、ぴちゃぴちゃと舐め啜《すす》り始めてしまう。

「い、やぁああっ……！」

あまりに鮮烈な快感に、アリーシャは涙を零して腰を揺すった。こんなことを続けられたら、自分はどうにかなってしまう。

「叔父様、無理っ……お願いだから、もう許して……！」

「――アリィこそ、俺がどれだけ我慢したと思ってるの？」

いつもは優しいクレイが、意地悪な声音で囁いた。

「どんどん綺麗になって、よその男の目を惹きつけて……俺がどれだけじりじりして、君を滅茶苦茶にしたいと思ってたか、アリィには知る義務があると思うな」

一方的な言い分を主張し、クレイはいっそう激しく舌を動かした。

快感を溜めこんではちきれそうになった肉粒《にくつぶ》を、上下左右に弾かれるたび、矢を放たれたような快感が腰の奥に突き刺さる。

「……内腿ががくがくしてるよ、アリィ」

クレイはふふっと笑い、吐息混じりに囁いた。

「もう少し苛めたいけど、仕方ないな。ほら、思い切り感じて乱れてごらん――……」

アリーシャの腰を引き寄せ、硬く充血した花芽《はなめ》をクレイは強く吸いあげて、ぐりぐりと舌で押し潰した。

「あぁ、あぁ――っ……！」

何かの堰《せき》を越えたように、圧倒的な快感がアリーシャを襲った。

意識が一瞬で高く舞い上がり、汗ばんだ肢体が強張って長々と痙攣した。体の内側を突き抜けていく愉悦の波に耐えきれず、しなるように浮いた背中が、やがてがくんと寝台に落ちる。

「――ほら、達《い》けた」

涙か汗かわからない液体で濡れた頬に、乱れた黒髪が張りついていた。

それを丁寧に掻きやりながら、瞳の焦点をなくしたアリーシャを、クレイは満足そうに覗き込んだ。

「これで、またひとつ。俺がアリィの『初めて』をもらったよ」

アリーシャはのろのろと首を動かし、叔父を見上げた。

翠玉《すいぎょく》のような瞳にはまぎれもない欲望が滲んでいて、言葉にされなくとも、クレイがこの先に望んでいることがわかった。

(私は……本当に、このまま叔父様に……?)

この期《ご》に及んで、アリーシャの心には、隙間風のような躊躇《ためら》いが忍び込んだ。

それを察したかのように、クレイの行動は素早かった。まだ呼吸も整わないアリーシャを組み敷き、トラウザーズの前をくつろげる。

そこからぶるんと弾み出た肉塊《にくかい》に、アリーシャは視線を奪われた。

もう何度も目にしてきたが、今夜は一段と大きく張りつめ、赤黒い幹に浮かんだ血管も生々しい。

「——力抜いてて」

怯えるアリーシャに囁き、クレイが覆いかぶさってきた。

さきほどよりもずっと大きく脚を広げられ、その中心に腰を据えられる。濡れに濡れた女の場所に、猛々《たけだけ》しい肉の楔《くさび》が押し当てられる——。

「待っ……あぅ……、はぁ……っ……」

――ぎちっ、と。

鈍い音を立て、恥骨《ちこつ》が軋《きし》んだ気がした。

先端の膨らみだけを押し込めたところで、クレイは一旦腰を止める。

「……大丈夫？」

「いた……叔父様……痛い、の……」

「そうだよね……ごめんね……」

痛ましそうにアリーシャを見つめながらも、クレイは行為をやめてはくれなかった。

「でも、俺も限界……アリィの全部を、俺がもらうよ……っ」

「ひっ……――!?」

結合部にかかる圧力が増し、隆々とした雄杭《おすくい》が、体重を乗せて突き込まれてくる。

ぬぐぬぐと止まることなく最奥《さいおく》までをいっぱいにされ、アリーシャは声にならない悲鳴をあげた。

「すごいよ……俺が、アリィの中にいる……」

何かに憑《つ》かれたような目をして、クレイは自分が挿《さ》し貫いた淫裂《いんれつ》を凝視していた。

「こんなに目一杯広がって、俺を根本まで呑み込んで……なんていじらしいんだ……」

「っ、叔父様、お願い、待って……ぁあうっ！」

つきつきとした疼痛《とうつう》はまだ治まっていないのに、クレイはずるりと腰を引き、また一気に雄茎《おすぐき》を押し入れた。

ぐちゅうっと濡れた音がして、拓《ひら》かれたばかりの粘膜が中でよじれる。

「あ、ああ、やぁ……！」

灼熱の塊のような男の肉に、何度も隘路《あいろ》を往復される。

痛みを堪《こら》えて歯を食いしばっていると、クレイは首を傾けて、アリーシャの唇を強く吸った。

唾液を交換するように舌を絡められ、意識がそちらに奪われると、下肢《かし》の苦痛が少しだけ和《やわ》らぐ。

アリーシャの口腔《こうこう》を夢中で貪《むさぼ》りながら、クレイはうわごとのような言葉を洩らした。

「このときのためだったんだよ……」

「……何、が……？」

「俺が誰とも関係を持てなかったのは……きっとアリィだけが、俺の運命の相手だったからだ……」

「叔父様も……本当に、私が初めてなの……？」

表面的に肌を合わせた相手はいても、深い部分で繋がり、結ばれることができたのは。

「そう。アリィが俺を男にしたんだよ」

照れるようなクレイの笑みに、どう反応していいのかわからなかった。

だけど、嬉しい。自分がクレイにとって本当に特別な存在なのだと、実感できたようで誇らしい。

——それが世間からは許されず、後ろ指をさされることだとしても。

「愛してる……愛してるんだ、アリィ」

「叔父様……」

囁きとともに繰り返される口づけに、アリーシャの胸の奥は温かく満たされ、緊張もほぐれていった。

蜜洞《みつほら》には、痛みの代わりにじわじわとした愉悦が広がり、たくましい雄を柔らかく包み込もうとする。

クレイの形をはっきりと感じ、彼を受け入れるべく変化していく——自分は叔父のための器《うつわ》なのだと、頭よりも先に体が理解しているのだ。

「っ……こんなにも、気持ちがいいなんて……予想以上だ……」

アリーシャの腰を両手で摑んで引きつけると、クレイはさらに律動を速めた。

ぱん、ぱんっ、と肉のぶつかる打擲音《ちょうちゃくおん》と、蕩《とろ》けた蜜壺《みつつぼ》を掘削するぐちゅぐちゅという音が混ざり合う。

クレイの硬い胸の下で、アリーシャの乳房は撓《たわ》んで潰され、互いの汗にぬるぬると滑って、それがまた心地よかった。

「ぁあ、あ、そんな奥、まで……っ」

男を知ったばかりの蜜壺《みつつぼ》を、クレイの肉竿《にくざお》はみちみちと引き伸ばし、激しい抽挿《ちゅうそう》で蹂躪《じゅうりん》していく。

「まだだよ……もっとよくしてあげる」

「ん、ぁ、あああああっ！」

太腿を押し上げられ、クレイの肩に両膝の裏が載せられた。

そのまま体を畳むように折り重なられ、膣道《ちつどう》がいっそう窮屈に狭《せば》まる。

「あ、だめ、やああ、あああぁ――……」

腰が宙に浮いた不安定な姿勢で、ずぼずぼと真上からの突き込みを受けると、また違う場所が擦れて、アリーシャは激しく惑乱《わくらん》した。

「んっ……絞られる……――はぁ……」

クレイは荒い息を吐きながら、いきり勃《た》った楔《くさび》を送り込み、熟れた姫壺《ひめつぼ》を抉《えぐ》りつけた。

張りつめて隆起した怒張《どちょう》は、とてもこれまで役に立たなかったとは思えない鋭さで、力強い抽挿《ちゅうそう》には一切の迷いもなかった。

「あっ、あっ……やぁあああ、ああ、あん……——！」

擦られる場所すべてが淫らな熱を孕《はら》み、視界が霞《かす》んでしまいそうだった。

繰り返し重く突かれ、雄芯《ゆうしん》の付け根で揺れる陰嚢《いんのう》が、アリーシャの尻をぴたぴたと叩く。

「アリィ……アリィ……最高だよ——」

クレイの両手が、胸の膨らみを鷲掴み、ぐにぐにと思う様《さま》に捏《こ》ね回した。

荒々しい愛撫にもかかわらず、腰の奥から強い快感が湧き上がってきて、もっととねだるように胸を突き出してしまう。

「いや、また……また何か、来るの——……」

うねるような熱の波を感じて、舌足らずに訴えれば、クレイは優しくアリーシャの頭を抱え込んだ。

「達《い》っていいよ……俺も、一緒に……」

「ひ、はあ、そんな、激し……っ……！」

深い場所までずんずんと昂《たかぶ》ったものを打ち込まれ、ひと突きごとに快感が増幅していく。

ぬめぬめしたとろみを滲ませる熟《う》れ襞《ひだ》が、屹立をきゅうきゅうと絞り込んだ。

「く——……っ」

クレイが唇を噛みしめ、ひときわ強く奥処を突き上げた瞬間、アリーシャは二度目の極まりに仰《の》け反った。

「ああっ、ぁあああっ、叔父様――叔父様ぁっ……！」

快感の奔流に呑み込まれ、びくびくと収縮する蜜壺《みつつぼ》から、クレイは自身を素早く引き抜いた。

間一髪のところでそれは間に合い、愛液に濡れた亀頭の先から、白い滾《たぎ》りがびゅくびゅくと放物線を描いて、アリーシャの下腹に降り注いだ。

「はぁ……はあ……――」

荒い息をつくクレイの下で、絶頂の余韻にたゆたいながら、アリーシャは彼の行為の意味をぼんやりと悟った。

この交わりで、子供ができるようなことがあってはならないから――本当の肉親ではなくとも、叔父と姪が男女の関係に陥ったことを、世間に知られてはいけないから。

（私たちがしたことは、許されないことなんだわ……――）

禁忌の重みを改めて思い知り、アリーシャは不安になった。

けれど。

「……やっとアリィとこうなれた」

呼吸が整うにつれて、クレイは蜜をまぶしたような甘い眼差しでアリーシャを見つめた。その瞳に浮かぶのは、純粋な喜びにほかならない。

「正直言うと、最近はアリィを見るたびに、こんなことをしたいって考えてばかりいたんだ。そのせいで、絵を描くのにも集中できなくて」

叔父の打ち明け話に、アリーシャは面食らった。

「そんな理由だったの……？」

てっきり自分は、女という性を匂わせたことで、クレイに幻滅されたかと思っていたのに。

そう告げると、叔父は「そんなわけない」と苦笑した。

「俺にとって、アリィは今でも天使みたいに綺麗で……そんな君を汚しちゃいけないって思うのに、いやらしい目で見るのを止められなくて。我慢するつもりだったのに、結局は抑えられなかった」

でも、と叔父は続けた。

「こうなった以上、アリィはもう俺のものだ」

「叔父様の、もの……？」

「そう。俺が愛せるのはアリィだけだ。アリィがいてくれないと、俺は駄目なんだよ」

その言葉は、三十路《みそじ》も近い男性が口にするには、やや情けないのではないかとも思ったけれど、決して嫌なわけではなかった。

アリーシャのほうでも、クレイが自分以外の女性といかがわしいことをするのに嫉妬していたのだ。これまでに彼が娶《めと》った妻たちに対して、大好きな叔父を取られるような焦りを覚えたこともあった。

そうでなくても、クレイのそばにずっといたいというのは、幼い頃からのアリーシャの願いでもあったわけで。

（私は、叔父様のことが好きだった――……）

直視してはいけないと思っていた自分の心が、体を交わしたことで、ようやくはっきりした形になる。

「アリィは？　俺のことをどう思ってる？」

答えを促すように、クレイの指で唇をなぞられた。

（私たちは叔父と姪だけど……本当に血の繋がりがあるわけじゃないんだから――）

そのことを免罪符にして、アリーシャはゆっくりと口を開いた。

「……好きよ」

「それは、俺の恋人になってもいいって意味？」

「――……ええ」

答えを待ち構えられているのを感じて、呑まれるように頷くと、クレイは泣き笑いに近い表情になり、アリーシャをぎゅっと抱きしめた。

二度と離さないというように強い力を込められながら、アリーシャは天井の暗がりを見上げて自問する。

（これで、よかったのよね……？）

誰にも言えない秘密を背負うことになっても、この夜の出来事は消せない。

もはや後戻りのできない道に踏み出したことを感じながら、アリーシャはそっと目を閉じて、いつまでも緩むことのない叔父の腕に抱かれていた。

5　不協和音

「――あ」

　バスルームで下着を下ろすと同時に、太腿を生暖かい液体が伝い落ちた。

　白いタイルにぽたりと滴《したた》る、目の覚めるような赤に、アリーシャは深い溜め息をついた。

　安堵の息だ。

（よかった……子供ができたりしてなくて……）

　朝から鈍痛がしたので予感はあったが、こうして月のものを確認するとほっとする。

　アリーシャ自身は、クレイとの子なら欲しい気持ちもあるが、婚姻が許されない男女間の子供は、不幸になるかもしれないと思うからだ。

　もともとアリーシャの体は年齢の割に未熟なのか、生理周期が安定せず、遅れて来ることも珍しくなかった。

それでも今回ばかりは息を詰めるようにして、その訪れを心待ちにしていた。

体内に精を注がれることはなくとも、毎晩のように赤子ができるかもしれない行為を繰り返すようになってから、そろそろ一月《ひとつき》だ。

汚れた脚を拭い、局部に海綿を詰めて下着を取り替えたアリーシャは、洗面台で手を洗いながら、流れる水に溶けていく己《おのれ》の血をぼんやりと眺めた。

赤という色を目にすることが、この屋敷では極端に少ない。

描く絵からもその色を排除しているように、クレイは自らの衣服や持ち物にも、赤色の品を選ぶことが一切なかった。かつて、火事で焼けたことのある家にとっては、なんとなく不吉な色だからという意味合いもあるのかもしれない。

(それにしても、ひどい顔……)

鏡に映る自分の姿に、つい溜め息が洩れてしまう。

月経による貧血で青ざめていることもあるが、ここ一月《ひとつき》で、アリーシャははっきりとわかるほどに痩《や》せた。

連日の荒淫《こういん》のせいで顎の線が尖り、少女らしい頬の丸みが削《そ》げたせいか、亡くなった母に似てきたようだ。

とにかく今日は大人しく過ごそうと、自室に続くバスルームのドアを開けた途端。

「アリィ」

「っ……!?」

すぐそこに立っていた叔父に、アリーシャは息を呑み、後ずさりした。

その拍子によろけかけた体を、クレイは危なげなく抱き寄せる。

「大丈夫？　今朝から、なんだか調子が悪そうだけど」

「……なんでもないわ」

「そう？」

ふいにクレイが瞬きし、形のいい鼻を小さく蠢《うごめ》かせた。

「……ああ、そういうことか」

「え？」

「お腹を冷やしちゃ駄目だよ。ほら、こっちにおいで」

長椅子に座らされ、スカートの上から毛織《けおり》の膝掛けをかけられた。

「ハーブのお茶でも用意させようか。血の巡りをよくするやつ」

クレイの言動から、自分の体調を悟られてしまっているのだと気づいて、アリーシャはうろたえた。

いたわってもらえるのはありがたいが、女の体にまつわることは、男性にはなるべく知られたくない。

「本当に大丈夫？　痛くない？」

「いいから……」

ほうっておいて、と続けたかったのに、クレイはアリーシャの隣に腰かけ、心配そうに下腹部をさすった。

「横になったほうがいいのかな。だけどアリィの具合が悪くなるのは、最初の一日だけだよね」

——何を言われているのか、一瞬意味を摑み損ねた。

「この時期にはよくショコラを欲しがるみたいだけど、甘いものを食べると余計に痛みが増す場合もあるから我慢して。せいぜい三、四日だろう？　普通よりちょっと短いほうだよね」

「なんで……」

尋ねるアリーシャの声は途中でかすれた。

どうして自分の月のものについて、クレイがそこまで詳しく知っているのか。

「アリィに関することなら、俺にわからないことなんてないんだよ」

答えるクレイは、心なしか得意げで誇らしそうだった。

「今までは気づいてても、知らないふりをしてただけ。俺はもう心身ともにアリィのパートナーなんだから、こうして堂々と心配することもできるよね」

優しく、どこまでも柔らかに、叔父の手はアリーシャの下腹を撫で続けた。

アリーシャが当惑しているのに気づいたのか、クレイはわずかに苦笑する。

「安心して。さすがにしばらくは、無理に抱いたりしないから。アリィの恋人になれたのが嬉しくて、ここのところ毎晩だったもんね。疲れさせたよね、ごめん」

「…………」

アリーシャはどんな顔をすればいいのかわからなかった。

クレイは自分を愛してくれる。

昔からずっと変わらず、誰よりも近くで守ってくれる。

けれどその愛情は、いささか度を越しているのではないかと――連日連夜、眠る暇もないほど体を求められるようになって、アリーシャはようやく気づいたのだ。

「どうしたの？」

「……ううん……」

一人にしてと言いたいのに、言葉は喉につかえた。

その唇をクレイはすぐに塞いできて、濃厚に舌を絡めるキスをする。

「ん……待って――っ……」

ところ構わずこんなことをしていれば、いずれ使用人に目撃されてしまうかもしれない。アリーシャがはらはらしているのに、クレイはお構いなしに唇を吸い、ドレスごしの胸を揉み立ててくる。月のものの最中でなかったら、昼間だろうと関係なく行為に及ばれてしまったに違いない。

（世間の恋人は、こんなふうにするのが普通なの？　それとも叔父様が変わっているの……？）

誰に相談することもできない関係だから、アリーシャの戸惑いは降り積もっていくばかりだ。

長々とした接吻《せっぷん》をようやく終えると、クレイはアリーシャの肩を引き寄せた。

その胸に抱かれると、これまでは繭《まゆ》に包まれるように安心できたのに、今はやんわりとした枷《かせ》のようにも思えるのは何故なのだろう。

「愛してる、アリィ」

「……私もよ、叔父様」

こめかみに唇を押し当てられ、アリーシャは小声で呟いた。

叔父を愛しているという気持ちは嘘ではないのに、堂々と胸を張って答えられないことが、どうにも後ろめたかった。


——世の中には、皮肉な巡り合わせというものが確かに存在する。

アリーシャがそう確信したのは、月の障《さわ》りもひとまず落ち着き、友人である伯爵令嬢の茶会に招かれた日のことだった。

「今度、皆さんでおそろいの羽帽子を仕立てません？　わたくしが懇意にしているお店に、良いデザイナーがいるんですの」

「まあ、素敵。あなたのお墨付きなら、きっと素敵なお店なんでしょうね」

「この冬のファッションプレートはもうご覧になりました？　わたくし、黒貂《くろてん》のコートが欲しいのですけど、お母様には贅沢だって叱られてしまって」

「あら。だったらお父上におねだりすればいいんですわ。世の中の父親は、たいてい娘に甘いものでしょう？」

「そうそう！　うちのお父様も、この間ね……」

午後の陽射しが降り注ぐサンルームで、歳の近い少女が四人、クロスがかかったテーブルを囲みながら談笑している。

銀のケーキスタンドの上には、目移りしてしまいそうな色とりどりの菓子が並んでいた。木苺とカスタードのパイに、焼きたてのシナモンスコーン。金箔を纏った爪先ほどのショコラに、季節の果物を宝石のように閉じ込めたジュレ。

アリーシャはその中からクランベリーのマカロンを手に取り、はくりとかじった。口の中でくしゅっと崩れる儚い食感に目を細め、蜂蜜を溶かした紅茶とともに飲み下す。舌の上でほのかに残る甘みに、ほうっと息をついたときだった。

「ところで……ねぇ、皆さん、ご存じ？」

令嬢の一人が、上目遣いに他の三人を見回した。

彼女の名はエマといって、今日の茶会の主催者であり、噂話の好きな少女だ。

エマがこういう表情で声をひそめるのは、大っぴらには話せないような話題について切り出すときだと決まっていた。

「わたくし、びっくりしてしまったんですけど……うちの使用人が回し読みしていた雑誌をたまたま目にしたら、とんでもない記事が載っていましたの」

エマの言う雑誌とは、貴族のゴシップが頻繁に取りあげられている、大衆向けの下世話な読み物だ。

まともな家の娘なら、手にすることも汚らわしいと非難されるような代物だが、年頃の好奇心に歯止めはきかない。

「とんでもないって、どんな？」

「またどなたかが、違法なお薬を隠し持っていたとか？」

身を乗り出す友人に、エマは首を横に振り、

「もっとすごいことですわ」

と続けた。

「二ヶ月くらい前だったかしら。オルレイ子爵夫妻が、離婚をなさったでしょう？」

「ええ、よく覚えていますわ」

「お二人ともだいぶ高齢でいらっしゃったはずですわよね」

「そう。その理由なんですけど、どうやら夫人のほうが、子爵以外の男性と通じていたらしくて……」

ことさら秘密めかしたエマの話に、アリーシャ以外の令嬢たちが食いついた。

「もったいぶらないで教えてくださいな！」

「夫人の相手というのが、このお話の鍵なのでしょう？　一体どなたなの？」

「ええ、それが……」

エマは瞳をきらめかせ、とっておきの手札を切るように口にした。

「夫人が通じていたのはね……——なんと、実の息子だったらしいんですの！　その息子さんだってすでに結婚しているのに、信じられない話でしょう？　血の繋がった親子でそんな関係になるなんて、おぞましくって——」

ガシャン！　と陶器のぶつかる音が響き、アリーシャははっと視線を落とした。

さっきまで手にしていたティーカップが、受け皿の上で横倒しになっていた。赤褐色の紅茶が零れて、真っ白なテーブルクロスをみるみるうちに染めていく。

「ごめんなさい……！」

慌てて謝るアリーシャのもとに、サンルームの外で控えていたメイドたちが駆け寄って、てきぱきと片づけを始めた。

「大丈夫、アリーシャさん？　ドレスは濡れませんでした？」

「え、ええ……本当にすみません」

主催者であるエマに、アリーシャは懸命に詫びた。今もまだ胸がどきどきして、腋《わき》の下が汗ばんでいる。

「無理もありませんわ。わたくしも息が止まるくらい驚きましたもの」

「オルレイ子爵も、そんな形で奥様に裏切られて気づかなかったのかしら。この先、社交界で顔を合わせるほうも困ってしまいますわよね」

「その前に女王陛下が、きっと何らかの沙汰をお下しになるわ」

「領地を狭《せば》められるか、あるいは爵位ごと剝奪されるか？」

「陛下はこういったお話がお嫌いですから、きっとそうなるんじゃないかしら。配偶者として、監督不行き届きだったって」

「離婚すればそれで済むって問題じゃありませんわよね」

鹿爪らしく、あるいは臭いものでも嗅いだような表情で、少女たちは頷き合う。

その傍らで、アリーシャは口も挟めずにじっと俯いていた。

「息子さんの奥様にとっても、お気の毒な話ですわよね」

「わたくしだったら死にたくなるわ。自分の夫が、実の母親と近親相姦……だなんて」

「まぁ、そんな過激な言い方」

「でもそういうことでしょう？」

「どうしたら、ひとつ屋根の下で暮らしてきた相手のことを、そんな目で見られるのかしら。家畜も同然じゃありませんの」

「本当よ。それで子供ができたりしたら、それはきっと悪魔の子に違いなくてよ」

友人たちの発する言葉のひとつひとつが、アリーシャの心を針のように刺した。

（もしも私と叔父様のことが、こんなふうに世間に知れたら……）

いくら血の繋がりがなくとも、家族として暮らしてきたのだ。秘密が暴かれれば、クレイもアリーシャも激しく糾弾され、社会的な死を迎えてしまう。

（――絶対に知られるわけにはいかないわ）

友人たちの話題は、すでに違うものに移っていたが、胸の動悸はいつまでも治まらなかった。

（どこに誰の目や耳があるかわからない。もっと慎重になるように、帰ったら叔父様にも話をしないと……）

テーブルの下で、アリーシャはぎゅっと拳《こぶし》を握り締めた。

血の気の引いた指先は冷えきり、石膏《せっこう》で固めたように強張っていた。


その夜、アリーシャは初めてはっきりとクレイを拒んだ。

「――叔父様、待って」

「なぁに？　アリィ」

例によって、湯浴みを終えたアリーシャの寝室にクレイがやってきたところだった。

音を立てない影のように忍び込み、前置きもなく押し倒そうとしてくる彼を、アリーシャは両腕を突っ張って押し留めた。

「……今日は、いつもみたいなことはしないでほしいの」

「どうして？　もう月のものは終わったよね？」

不思議そうな口調に、羞恥とも怒りともつかない感情が湧き上がり、頬が熱くなる。

「そうだけど……そんな気分じゃないの！」

「今夜のお姫様は、どうにもご機嫌斜めみたいだね」

アリーシャの癇癪《かんしゃく》など、赤子がむずかっている程度にしか思っていないようで、クレイはくすくすと笑いながら寝台に腰かけ、アリーシャを膝の上に座らせた。

「嫌っ……離して、叔父様！」

「言いたいことがあるならちゃんと聞くよ。別にこうしてたって、話せないわけじゃないだろう？」

髪を撫でられ、言葉巧《たく》みに宥められて、アリーシャはしぶしぶ抵抗をやめる。

自分だって、クレイと過ごすことが嫌なわけではない。

だが、毎晩のように情事を繰り返すのではなく、こんなふうにただ寄り添っているだけではどうしていけないのだろうか。

「……あのね、叔父様。オルレイ子爵夫妻の噂は聞いた？」

「何それ」

クレイが何も知らないようだったので、アリーシャはかいつまんで説明した。子爵夫人とその息子の醜聞《しゅうぶん》について、友人たちがどんな反応を示していたのかについても。

「私たちの状況も、似たようなものでしょう？　だからもう少し、気をつけたほうがいいと思って……」

「俺たちが仲良くしてるのは、家の中だけのことなのに？」

「使用人に気づかれて、噂が広まるかもしれないわ」

「だから汚れた敷布や下着も俺が始末してるじゃないか」

クレイは白けたように言った。

「第一、主人の私生活を暴露するような躾《しつけ》の悪い使用人は、この屋敷にはいないよ。——君のお祖父さんの代からね」

（……お祖父様の？）

小さな違和感を覚えて、アリーシャは口ごもった。

アリーシャの祖父であったディレクのことを、クレイは義父《ちち》と呼ばない。ディレクの生きていた昔はどうだったかと記憶を辿ったが、それも思いだせなかった。

別に深い理由はないのかもしれない。「君のお祖父さん」という言い方は、アリーシャの立場に合わせたものであって、それ以外の意味などないと考えるのが自然だ。

ただ、ディレクは養子であるクレイをとても目にかけていた。その割には、今のクレイにディレクを偲《しの》ぶ様子が見えないのが、不思議といえば不思議だった。

「それで？　アリィは世間の目が気になるから、俺と距離を置きたいの？」

話を引き戻され、アリーシャはおずおずと頷いた。自分の気持ちを要約すれば、つまりそういうことだ。

「それはいつまで？」

「いつまでって……」

「もしかして、俺のことが嫌になった？」

「そうじゃないわ。でも……」

「はっきり言っていいんだよ」

クレイはアリーシャの腕を摑み、その顔を間近で覗き込んだ。

二の腕に食い込む指の力は強くなく、声も尖ってはいなかった。

けれどアリーシャは、何故か背筋にぞくりとしたものを覚えた。

笑っているようで笑っていない叔父の瞳を、正面から見られない。

「……怖い？　アリィ」

出し抜けに問いかけられて、心を見透かされたのかとひやりとした。

瞳を糸のように細めたクレイは、アリーシャの腕をなおも摑み続けている。触れられた場所からじわじわと、水が染みるような悪寒が広がっていった。

「醜聞《しゅうぶん》が広まることが？　――それとも、俺自身が？」

「そんな、こと……」

早く否定しなければ。

何を言っているのかと笑い飛ばさなければ。

理性はそう急かしているのに、アリーシャの目は泳ぎ、舌がもつれた。

普段のクレイは優しくて聡明だ。もっと簡単に話が通じると思っていたのに、何故こんなふうに絡むのだろう。

「ねぇ、アリィ。鬼ごっこしようか」

「……え？」

脈絡もなく言いだされ、アリーシャは面食らった。

「昔、何度も二人で遊んだよね。俺が鬼役で、アリィは逃げる役。ほら、十数えたら始めるよ。いーち、にーい……」

歌うように数を数え始めるクレイに異常なものを感じて、アリーシャは彼の腕をばっと振りほどいた。

どうしてこんな状況になっているのかわからないが、「鬼」のクレイに捕まえられたら、よくないことが起こると直感する。

(——逃げなきゃ)

身を翻したものの、しょせん部屋の中だけでは、すぐ壁に行きあたってしまう。

十まで数え終わったクレイが、ゆらりと立ちあがった。

周囲の空気が薄くなったような気がして、アリーシャはじりっと後ずさる。

「さぁ、行くよ」

大股に踏み込んできたクレイの腕を、アリーシャはとっさにかいくぐったが。

「やっ……!」

「あれぇ？　呆気ないなぁ」

ふわりと舞った夜着の裾を、クレイの手が搦《から》め取っていた。布地が捲《まく》れあがり、露出した太腿を眺めて、彼はにやにやと笑う。

「……離してっ！」

強引に身を引くと、びっ——！　と音を立てて絹地のスカートが裂けた。そのおかげでなんとか逃《のが》れたアリーシャは、急いで扉にとびついた。

こんな恰好で廊下に飛び出せば、何事かと思われる。

それくらいのことはわかっていたが、背後に迫るクレイの気配に、理屈ではない恐怖を感じた。無我夢中でドアノブをひねり、そうして。

「っ……!?」

ドアが開かないことに、アリーシャは一気に青ざめた。

(どうして!?)

アリーシャは恐慌に陥り、ガチャガチャとノブを回して引いた。内開きでなく外開きだっただろうかとありえないことを考え、押してもみたが結果は同じだ。

(外から鍵がかけられてる——?)

思いつく可能性はそれしかなかった。だが一体、誰がそんなことをするというのか。

「やっと気づいた？　君はもう、どこにも逃げられないんだって」

クレイがくすくすと笑いながら近づき、アリーシャの肩に両手で触れた。

「捕まえた——」

静かに置かれた手を鉛《なまり》のように重く感じて、アリーシャはぞっとした。

「さぁ、おいで。鬼に捕まった子は、美味しく食べられる運命だ」

「い、や……やだっ！」

腕を掴まれ、引きずっていかれながらアリーシャは叫んだ。懸命に足を踏ん張って抵抗したが、クレイの力のほうが強かった。

腰をさらわれ、寝台に投げ出されて息が詰まる。

仰向けに倒れたアリーシャに、クレイは無言でのしかかった。獣じみた獰猛《どうもう》な気配を漲《みなぎ》らせ、胸元から一気に夜着を引き裂く。

「――――！」

全裸に剝《む》かれたアリーシャは、瞬きさえ忘れて身を強張らせた。

その間にクレイは寝台の支柱に手を伸ばし、何かをするりと引き抜いた。天蓋《てんがい》から下がるカーテンを四隅の柱に留めていた、細く長い紐だ。

両手首を纏めて掴まれ、そこに紐が食い込んだとき、皮膚が擦れる痛みにアリーシャは呻いた。

「やっ……何するの、叔父様……叔父様っ！」

声をあげてもがいたが、クレイは淀《よど》みのない仕種で、アリーシャの手首を縛《いまし》めた。

さらには残りの紐を使って、アリーシャの両脚を大股開きにさせ、太腿と脹脛《ふくらはぎ》を密着させるように結びつけてしまう。

首からも紐をかけて胸の谷間に食い込ませ、乳房の上下にきつく這わせて、双乳《そうにゅう》をむっちりとくびり出させた。

「やめて……解《ほど》いて……」

ぎちぎちと肌に食い込む紐の痛みに、アリーシャは顔をしかめて哀願した。

梱包された荷物のように転がる姪を、クレイは冷ややかに見下ろした。

「こうでもしないと、アリィは逃げるじゃないか」

「逃げたりなんか……」

「嘘だ」

クレイは頑《かたく》なに言い張った。

「アリィはなんだかんだ言って、俺を捨てる気だったんだろう？」

「捨てるだなんて」

「ほら、また嘘をつく」

アリーシャの首に回された紐を、クレイはやんわりと摑んで引き上げた。

「ぐっ——……」

当然首が絞まり、アリーシャの喉からはくぐもった声が洩れた。

すぐに力は緩められたので、さほど苦しかったわけではない。

だが、これまでずっと優しかった叔父から乱暴を働かれたという事実が、アリーシャには何よりの衝撃だった。

「びっくりさせた？」

かたかたと震え出すアリーシャに、クレイは貼りつけたような笑みを浮かべた。

「だけど、君が悪いんだよ。他人の目なんかを気にして、俺の愛を拒むなんて。俺は寂しい。悲しいよ」

「待って、ねぇ……ちゃんと、話を……」

「常識だの世間体だのに縛られた言葉なんか聞きたくないよ。俺が知りたいのは、アリィの本心なのに」

「私の、本心……？」

「そう。本当の君は、俺を一番に愛してる——俺だけしか愛せないってことを、正直に教えてくれるんだ。ここがね」

そう言って、クレイはなんの前触れもなく、露《あらわ》にされた蜜口に二本の指をねじ込んだ。

「いっ……——」

「さすがにまだ乾いてるね。でも、さ。こうすると……」

クレイの指が内部で動き、複雑に密集した襞《ひだ》の奥を探った。

臍裏の弱い場所を、とん、とん、と柔らかな一定のリズムで叩くように刺激されるうち、アリーシャの息は次第に乱れ始める。

「は……あぁ……」

「ね、濡れてきた。覚えのいい、素直な俺のアリィ――」

自覚したくはないけれど、クレイに弄《いじ》られる蜜壺《みつつぼ》からは、にちゃにちゃと湿った音が洩れていた。

夜毎に彼の愛撫に馴《な》らされた体は、自分でも疎ましいほどに快感を拾い、さらなる刺激を求めようとしている。

（駄目、感じちゃ――……）

こんなふうに縛られて、悶えてしまうなんて普通じゃない。

そう思うのに、膣道《ちつどう》を擦られ、指を出し入れされるうちに、そこはぬちゅぬちゅと大きな水音を立て、媚肉《びにく》も柔らかく綻びていった。

「はぁ、あ、叔父様……やめて……」

「やめていいの？　本当に？　こんなに中をひくひくさせて？」

「あぁあ……っ」

拒まなければと思う心と、快感に熟れていく肉体の乖離《かいり》がひどく苦しい。

根本まで埋め込まれた二本の指は、中をくつろげるように、ぐぬぐぬと動いていた。もっと広げて、いっそう太いものを押し入れられるように、ぬちぬちと淫らな刺激を送り込み続ける。

「だめぇっ……そこ、やだ……ぁああ、あ――……！」

腰をひねり、縛られた脚を揺すっても、逃《のが》れることはままならなかった。どんどん膨らんでいく淫蕩《いんとう》な感覚に、肌は汗ばみ、髪の生え際までじっとりしてくる。

乱れるアリーシャを見下ろしていたクレイが、面白い発見をしたように目を細めた。

「ねぇ、教えてよアリィ。俺はまだ少しも触ってないのに、乳首がこんなに勃《た》ってるのはどうしてなの？」

「や……っ、んぁ……」

「すごく敏感になってそうだ……こうしてみたら、どうなるんだろうね？」

「ひっ……！」

アリーシャは大きく目を剝《む》いた。

乳房をくびり出して食い込む、カーテン紐の端。そこに結ばれたふさふさとした房《タッセル》で、クレイはアリーシャの乳首をくすぐったのだ。

「あっ、や、やぁあ――……！」

細い糸が何百本も束ねられたタッセルは、鋭敏な乳首の表皮を包み込み、やわやわとした刺激を伝えてくる。

快感といえば快感だが、熱くなりすぎた体には逆にもどかしく、飢えを倍増させられるかのようで。

「気持ちいい？　アリィ」

「あっ……嫌……これ、いやなの……っ」

「どうして？　熟した苺みたいに、美味しそうな色に染まってるのに」

クレイの操るタッセルはゆっくりと円を描き、触れるか触れないかの場所で、ぷっくりと膨らみきった乳暈《にゅううん》をかすめている。

蜜壺《みつつぼ》を掻き回していた指も抜かれてしまい、とろ火で炙《あぶ》られるようなもったりとした愉悦に、気がおかしくなりそうだ。

もっと強く、はっきりした刺激が欲しい——そう思わせることがクレイの狙いだとも知らず、アリーシャは泣きそうになりながら肩を揺すった。

「叔父様……もうやめて、こんな……っ」

「わかった。やめるよ」

クレイはタッセルを放り出し、「その代わり」と続けた。

「俺も勃《た》っちゃったし、一人で勝手にするのはいいよね？　前みたいに、アリィは俺の目を楽しませてくれればいいから」

「あ――……」

じくじくした疼きは、胸の頂と股の間にまだ凝《こご》っている。

それを途中で放置されるのも、新たな拷問なのだとアリーシャは思い知った。

その上クレイがトラウザーズの前を開き、アリーシャの胸の上に跨《また》がって、膨張しきった肉茎《にくぐき》を目の前で扱《しご》き出すのだから――。

（叔父様の……こんなに大きくなって……）

先走りを滲ませた亀頭を目にしていると、知らず知らず喉が鳴る。

彼の自慰の手伝いをしていたときは、ここまで切ない気持ちになることはなかった。

けれど、この肉塊を迎え入れ、擦られて心地よくなることを知ってしまった以上、おあずけにされるのはひどく苦しい。

「今、自分がどんな顔してるかわかってる？」

クレイが意地悪に囁き、偶然を装うようにして、雁首の先を乳首にかすめた。

弾かれた胸の蕾が、乳房ごとぶるんっと揺れて、鮮烈な快感が走る。

「あんんっ……」

「アリィの目、すごく物欲しそうだ。こんなことまでされて、嬉しそうに……」

「いっ、ああ、あ、はぁああ……！」

今度ははっきり狙いをつけて、ぐりぐりと。

疼き勃《た》つ乳首に、雄杭《おすくい》をなすりつけられ、柔肉《やわにく》の中心に押し込められる。

屈辱的な淫戯《いんぎ》なのに、アリーシャの体は、それを確かな悦《よろこ》びとして受け止めていた。半開きになった唇は唾液に濡れて、はぁはぁと荒い息を零す。

「やらしいアリィ……何をされても感じるんだね」

くつくつと笑ったクレイが、ふいに両の乳房を掴み、その谷間に自身の雄を挟み込んだ。

そのまま腰を前後に揺すられて、アリーシャは戸惑いに目を見開く。

「な……何するの……？」

「別に。手で擦ってもらう代わりだよ」

平然と言ったクレイは、アリーシャの双乳《そうにゅう》をむにむにと揉み立て、その肉圧を愉しんだ。

アリーシャの位置からは、寄せ集められた乳房の間から、赤黒い亀頭が出たり入ったりしている淫靡《いんび》な光景を見せつけられることになる。

「は……柔らかくて、気持ちいい……アリィの体は、本当にどこも最高だね……」

陶然と息をついたクレイは、なおも激しく腰を揺すり、アリーシャの胸を鷲摑みにして蹂躙《じゅうりん》した。

「あぁあっ……！」

尖った乳首に爪を立てられ、アリーシャは高い嬌声を放った。

これはクレイが、一人で気持ちよくなるためにしていることなのに。

その道具として扱われているだけなのに、快感を拾うことをやめないこの体は、なんて浅ましいのだろう。

「はぁ……アリィの汗と、俺の先走りで、もうこんなにぬるぬるだ……――」

クレイの言う通り、胸の谷間は濡れに濡れて、動物的な匂いを立ちのぼらせていた。ぬちゅぬちゅと濡れて滑る肉棒《にくぼう》は、摩擦のせいだけでなく熱くなり、今にも弾け飛びそうだ。

「――口を開けて、アリィ」

「え？」

クレイが何を言いだしたのかわからなくて、アリーシャは困惑した。

「先だけでもいいから、咥《くわ》えて。……俺のことを愛してるなら、できるだろう？」

「んんぅっ……!?」

呆然としているアリーシャの唇に、肉の鏃《やじり》にも似た部分が突き込まれてくる。

とっさに舌で押しやろうとすると、生々しい味と匂いが一気に広がって咳き込んだ。なのにクレイは容赦なく、欲望の塊をぐいぐいとアリーシャの口腔《こうこう》に押し入れる。

「んぐ……ん、ぅううっ……」

「しゃぶって、アリィ。舌を遣《つか》って、俺がいつも君にしてあげてるみたいに」

(——そんな)

無理だと涙目で訴えるアリーシャに、クレイは余計に頬を紅潮させ、その頭を摑んで引きつけた。

「うぅぐ……っ!」

喉奥を強く突かれ、反射的に嘔吐《おうと》の衝動が込み上げる。

生唾を必死に飲み下すアリーシャの髪を、クレイはゆっくりと撫でつけ、猫撫で声で囁いた。

「ほら、して。そうじゃないと、アリィが苦しい思いをするよ?」

「う……——」

アリーシャは涙を流しながら、舌を拙《つたな》く動かした。

存外にすべすべした肉竿《にくざお》は、幾本もの裏筋を浮かばせていて、その凹凸《おうとつ》をなぞるように必死で舐めていく。

鈴口からは青い匂いのする液体が漏れていて、アリーシャの零す唾液と混ざり合った。

「まだ全然ぎこちないけど……こういうのも、かえっていいね」

クレイは満足そうに言って、アリーシャの頭をさらに撫でた。愛玩動物にするような仕種だった。

「舐めるだけじゃなく、口をすぼめて吸ってごらん。あぁ、そう……上手だよ……」

言う通りにしているうちに、クレイの興奮も増してきたようで、腰が小刻みに揺すられ始める。

さっきのように吐きそうになるほど突かれることはないものの、アリーシャの小さな口内は、たくましい勃起《ぼっき》でいっぱいにされた。ともすると顎が外れてしまいそうなほどに、叔父の剛直は大きいのだ。

アリーシャの口蓋《こうがい》にぬぐぬぐと亀頭を擦りつけ、柔らかな頬肉の裏を堪能し、クレイは熱い息をついた。

「いいよ、アリィ……そのまま吸って……あぁ、いい……もう達《い》く——……っ！」

びゅるっと精管の中を駆け抜ける何かを感じた直後、喉奥にまで情欲の飛沫《しぶき》が迸《ほとばし》る。

「ぐ——……ごほ、げほっ……！」

舌が痺れるような苦味のある体液を、アリーシャはとっさに吐き出した。

顎も首もどろどろに汚して噎《む》せていると、クレイはわざとらしい溜め息をついた。

「そんなふうに拒まれるのは寂しいな……」

クレイは自身の放ったものをすくい、紅を塗るようにアリーシャの唇になすりつけた。

「俺を好きなら、ちゃんと飲んでほしいな。それが恋人のすべてを受け入れるってことなんだから」

「そんな……の……」

弱々しい咳を繰り返しながら、アリーシャは悲しみに打ちひしがれていた。

たとえばこれが、体を縛《いまし》められてでなく、「やってくれる？」とお願いをされた上でなら、自分は戸惑いつつも応じたかもしれない。

クレイはいつもアリーシャの秘処《ひしょ》を口で気持ちよくしてくれるのだし、溢れる蜜液を美味しそうに飲み下す。同じことができないわけはないと、普段のアリーシャなら素直に考えただろう。

だが今夜のクレイは、いつもの彼とは明らかに違う。

嫌がるアリーシャを縛り上げ、苦しませるための行為をわざとして、昏《くら》い笑みを浮かべているのだ。

（ひどい……どうして、叔父様はこんな……——）

一体自分は、彼をここまでさせる、どんなことをしたというのか。

優しかった叔父の片鱗《へんりん》を探すように、アリーシャは潤んだ瞳でクレイを見つめた。

けれどそれは、彼にとっては、自分を責める恨みがましい眼差しに感じられたらしい。

「――そんな目で俺を見るなよ」

クレイが苦々しげに顔を歪め、アリーシャを乱暴にうつ伏せにした。

手首を前で縛られているため、体を支えることができず、高々と掲げられた尻に、クレイは爪痕がつくほど指を食い込ませた。

「俺にはアリィだけなのに……君だけが、俺を受け入れてくれる存在なのに――……っ」

「ん、ぁあああっ……！」

さきほど吐精したとも思えないほど、がちがちにいきり勃《た》った雄の楔《くさび》が、女陰《にょいん》を割って押し入《い》ってきた。

後ろから――しかも獣のような姿勢で貫かれるのは初めてで、これまでにない場所を抉《えぐ》られる刺激に、アリーシャの視界はちかちかと明滅する。

「アリィ……アリィ……」

クレイは躍起《やっき》になったように腰を揺すり立て、かすれた声でアリーシャの名を何度も呼んだ。

海で遭難した人間が、溺れないよう必死で板切れにしがみつくように、アリーシャの細い体を掻き抱《いだ》き、熱い汗を滴《したた》らせる。

「君は、俺の……俺だけのものだ……絶対に逃がさない……裏切るなんて、許さない——……！」

「叔父、さま……ぁああ、あ、やぁああ……っ」

突き上げられるたびに、腹の奥にずぅんと重い衝撃が響き、暴力的なまでの快感に支配されてしまう。

肌に食い込む紐が軋《きし》み、締めつけられる痛みすら、今のアリーシャには甘美なものとして響いた。

「あぁ、あ……ん、く……」

「ほら……アリィのここは、ちゃんと俺の形を覚えてる」

雄芯《ゆうしん》を突いては引き、引いてはねじ込むことを繰り返し、クレイは乾いた声で笑った。

「これからも毎晩こうやって、俺なしじゃいられない体にしてあげる。もっともっと俺を求めて……欲しがって……俺が、アリィなしじゃ生きてこられなかったくらいに——」

「あっ、ああ、奥、ひぁあっ！」

アリーシャの膝はがくがくと震え、悩ましい快感が腹の底から湧き上がってくる。

溢れた淫蜜《いんみつ》はぱたぱたと零れて敷布を濡らし、熟《う》れ襞《ひだ》が叔父の陽根《ようこん》にぬとぬとと纏わりついた。

「く……締まる――」

クレイも苦しげな声を洩らし、律動がずちゅずちゅと速まっていく。

際限もなく与えられる愉悦に、アリーシャは身も世もなく喘ぎ啼《な》いた。

これまでのように優しく抱かれていたときよりも、もしかすると快感は深いかもしれず、そんな自分を嫌悪したいのに、激しい疼きの前には何もかもどうでもよくなってしまう。

「あっ、んっ、そこ……ごりごりしちゃ……あぁん……！」

「止まらないよ……止められるわけない……こんなに熱くて、ぐちゃぐちゃで、搾り取りたがるみたいにうねってて……」

「ああ、いや、あぁぁ、ああ！」

腰の骨が砕けそうなほど、太いものを一心不乱に抜き差しされて、アリーシャは我を忘れてよがった。

叔父の生身の肉棒《にくぼう》が花筒《はなづつ》を擦りあげる感触は、意識を手離してしまいそうに心地よく、ずんずんと腹に突き抜ける刺激は中毒になりそうなほどで。

「もう……や……だめ……助けてぇ……」

体が浮いてくるような感覚に、アリーシャはうわごとのように「やめて」「助けて」と繰り返した。

けれどクレイは聞く耳持たず、強靭な肉杭《にくくい》をなおも放埓《ほうらつ》に深く穿《うが》つ。

「どんどんいい具合になってくる……はぁっ……そろそろ、中に出してあげるね……」

「っ……!?」

体内へ精を放つという言葉に、一瞬で霧が晴れるように、アリーシャは我に返った。

不自由な手足を懸命に動かし、クレイから逃れようと尻を左右に振るのだが、それがいっそう彼を煽っていることには気づかない。

「お願い、やめて……もしも赤ちゃんができたら……」

「できたら駄目なの?」

クレイは心から不思議そうに言った。

これまでは何があってもその一線だけは守ってきたのに、タブーを踏み越えることをなんとも思っていないような、あっさりした声だった。

「だってアリィは、もう俺のものなんだから。中も外も俺の匂いで染め抜いて、他の誰も手出しできないように、徴《しるし》をつけておかないと――……」

「叔父様……叔父様っ、待って……!」

もがくアリーシャを押さえつけ、クレイは膨れ上がった灼熱で、より深くまでを貫いた。

ずぅん、と頭のてっぺんまで響く愉悦に、アリーシャの尻が突き上がる。

「あぁああ……！」

「アリィだって、俺のを離したくないだろう？　こんなにきつく絞って、締めつけて……この間まで処女だったなんて、到底思えないな」

「はぅ……あっ、駄目、ああ、いやぁ！」

直《じか》に精液を注がれることを止めなければと思うのに、アリーシャの蜜洞《みつほら》はクレイの言う通りにぐねぐねとうねり、突き込まれる剛直を食い締めていた。

「ね、自分でもわかるだろう？　中で出してほしいって、アリィのここはそう望んでる」

「や……嘘、うそぉ……あぁ、あっ！」

寝台をぎしぎしと軋《きし》ませながら、クレイの律動は速度を増していった。

媚壁《びへき》をすみずみまで擦り立てられ、蜜路《みつろ》が燃え盛るように熱くなる。

最奥《さいおく》を穿たれる刺激に甘いさざ波が伝播《でんぱ》して、アリーシャの唇からは唾液がだらしなく糸を引いた。

「あぁ……ぅ、はあ、あ、あああぁ……」

「ふふ……もうすっかり、すみずみまで蕩《とろ》けきってる」

アリーシャの秘裂《ひれつ》を掻き回しながら、クレイは忍び笑った。

「このまま、また派手に達《い》ってごらん。アリィがびくびく感じてる中に、たっぷり出してあげるから――」

「いやぁあっ……！」

深さを変え、角度を変えて、クレイの肉棒《にくぼう》は熱い秘裂を放埒《ほうらつ》に荒らした。猛《たけ》った切っ先に、臍の裏をごりごりと削るように刺激され、ぶわっと鳥肌が立った。

「ああっ、やめて、ああ、あ、もう――ふぁああっ――……！」

深々と肉身《にくしん》を埋め込まれたまま、腰全体を大きく揺さぶられた瞬間、積もりに積もった快感が弾けて、アリーシャは真っ白な世界に飛んだ。

がくがくと膝を震わせながら、全身に広がるめくるめく愉悦を受け止める。

「ん……出る……出すよ、アリィの中に――……っ！」

きゅうきゅうと収縮を続ける蜜襞《みつひだ》に揉み込まれ、クレイもまた大きく息をついて、己《おのれ》の欲望を注ぎ込んだ。

火傷しそうに熱い体液が、どくどくと容赦なく噴き上がって、姫壺《ひめつぼ》を埋め尽くす。

「あ……あぁ、あ……――」

――本当に中に出されてしまった。一滴残らず、最後まで……。

そのことにショックを受けたアリーシャは、呆然として涙を流した。

絶頂の名残《なごり》に痺れる蜜洞《みつほら》を、萎《な》えないままの剛直がゆるゆると行き来する。

「まだ何度でも続けるよ。俺の想いをわかってもらうには、これくらいじゃ全然足りないからね」

「や……叔父様……そんな、無理……」

拒む声は、どうやっても弱々しいものにしかならなかった。

熾火《おきび》を掻き立てるように新たに生まれた快感が、アリーシャ自身の意志を裏切る。

叶うならば朝まででも抱かれていたいと、蜜洞《みつほら》がクレイ自身をぎゅっと食い締めてしまう。

「可愛いアリィ……いやらしいアリィ……やっぱり君は、俺の姪なんだね……」

自分と同じく淫蕩《いんとう》な血が流れていると言うように、クレイは陶然と囁いた。

(違うわ……私と叔父様は家族だけど、血の繋がりなんてない……――)

再びずくずくと男根《だんこん》を打ちつけられるうち、思考はゆるりと溶けていく。

クレイが背後から乳房を揉みしだき、アリーシャの耳朶《じだ》をきつく噛んだ。

「愛してる。本当だよ。離れてなんか、生きられるはずない」

そうして念を押すように続けられた言葉は、アリーシャの耳の奥に、いつまでもこびりついて離れなかった。

「――俺たちは、それだけの絆で深く結ばれてるんだから」

6　なりゆきの花嫁

渦巻く炎の轟音《ごうおん》にまぎれて、誰かの呻き声が響いた。
――助けて……アリーシャ、助けてくれ……！
それは狂気に彩られた、断末魔の悲鳴。
真っ黒に焼けた人の腕が、炎を割ってぬっと伸び、アリーシャを捕まえようとする。
『ひっ……！』
逃げようとしたが、焼《や》け爛《ただ》れた手はアリーシャの足首をがっしりと掴んで引き倒した。
そこからたちまち炎が伝い、アリーシャもまた業火《ごうか》に巻かれる。

『やぁぁ、嫌ぁあっ！』

熱い。痛い。苦しい。怖い。

みるみるうちに下半身が燃えて骨が覗き、肉が焼けて灰となる。

胸の上に這い上がった男の顔が、どろどろに溶け崩れた祖父のものだと気づいた瞬間、アリーシャは喉も裂けよと絶叫した。

『ごめんなさい！　ごめんなさい、お祖父様……――！』

自分の見ているものが現実ではないとわかっているのに、アリーシャは泣きじゃくりながら許しを請《こ》うた。

これは十二年前の火事の夢。

自分だけがクレイに助けられ、記憶まで失った罪悪感のせいか、焼け死んでしまった祖父のディレクが、アリーシャに助けを求める夢だ。

『お祖父様、許して……私のせいで……ごめんなさい……――！』

――私のせいで。

何故そんな言葉が口をつくのか。

どうして夢に現れるのは祖父だけで、同じ夜に亡くなった母ではないのか。

わからないままにアリーシャは怯《おび》え慄《おのの》き、涙と汗にまみれて目覚めるまで、悲痛な叫びを繰り返すしかないのだった。


「アリーシャさん、どうなさったの？」

心配そうに問いかけられて、アリーシャははっと顔を上げた。

テーブルを挟んで向かい合っているのは、先日の茶会に招いてくれた友人のエマだ。

もっとも今日の二人がいるのは、この冬にできたばかりの、街のティーサロンだった。

暖炉で暖められた店内は、女性の好みそうな繊細で華やかな装飾がなされ、紅茶と焼き菓子の香ばしい匂いが漂っている。

「さっきからずっと顔色がよくないわ。もしかして、具合が悪いんじゃなくて？」

「いえ。ただ、少し寝不足で……」

作り笑いで誤魔化したアリーシャに、エマは釈然としない様子で首を傾げた。

「最近のあなたは、夜会や晩餐会にもまったくいらっしゃらないでしょう。病気でもなさったのじゃないかって、皆さん心配しているのよ」

「……不義理をして申し訳ありません」

「そんなことはいいの。今日はこうして、やっと誘いに応じてくださったんだし」

恐縮するアリーシャをくつろがせるように笑ったエマは、それでも友人の元気がないのを見てとると、再び難しい顔になって声をひそめる。

「ねぇ。まさかとは思うんだけど……婚約がお決まりになったとか？」

「婚約？」

藪《やぶ》から棒に尋ねられ、アリーシャは呆気にとられた。

「だって、急に社交界から遠ざかられて……まるで、悪い虫を寄せつけないように、厳重に守られているみたいに思えたの。ヴィラント伯爵は、姪のあなたのことを、とても大切になさっているし」

ヴィラント伯爵。

他人の口から叔父の名を聞いた途端、アリーシャの鳩尾《みぞおち》は石を呑んだように重くなった。

(本当のことなんて、とても言えない……)

その叔父が夜毎《よごと》にアリーシャの寝室を訪れ、淫猥な行為を強《し》いることも。

彼が独占欲を剝き出しにするせいで、今の自分は屋敷の内で、軟禁に近い状態に置かれてしまっていることもだ。

「あのね。今日お呼び立てしたのは、実は、ある方から頼まれたからなの。アリーシャさんと、二人きりで会える機会を作ってほしいって」

「……え？」

エマの言葉に、アリーシャは目をぱちくりさせた。

「お目付け役は連れてきてないわよね？」

「ええ。でも……」

女友達と久しぶりに会いたいのだと言うと、クレイはいい顔をしなかったが、しぶしぶ馬車を出すことを許してくれた。

本当はエマが心配する通り、侍女をつけられていたのだが、アリーシャは彼女にいくばくかの小遣いを握らせ、買い物にでも行ってくるように告げていた。

何もやましいことをするつもりではなかったが、四六時中誰かに監視されているのは息が詰まると思ったからだ。

「だったら大丈夫ね。わたくしはしばらく席を外すから、ゆっくりお話をなさって」

「待って。突然そんなこと言われても……」

アリーシャは慌てて引き止めたが、エマは悪戯っぽいウインクを残し、店を出て行ってしまった。

（私に会いたいなんて、どなたが――？）

居心地の悪い思いで、アリーシャは冷めかけた紅茶を口に運んだ。

たったそれだけの刺激でも胃がきりきりと痛み、もう少しミルクを入れてもらえばよかったかと溜め息をつく。

（誰にも言えない秘密を持つことが、こんなに苦しいなんて……）

クレイとの関係がこじれ始めてから、およそ二ヶ月が経つ。

あれからクレイは、いっそう執拗にアリーシャを求めるようになった。しかもその抱き方は、常軌を逸しているとしか思えないものだ。

きっかけとなった夜のように、全身を雁字搦《がんじがら》めに縛られることもあったし、目隠しや猿轡《さるぐつわ》を施されることもある。

嫌だと訴えればいっそう激しく責められて、罰と称して、風呂場で恥毛《ちもう》のすべてを剃り落とされることさえあった。

――愛しているから。

――こんな俺を見せられるのは、アリーシャだけだから。

どんなひどいことをされても、そう言われると突き放せない自分にも、きっと問題はあるのだろう。

とはいえ、アリーシャの体を弄《もてあそ》びながら恍惚とした笑みを浮かべるクレイが、異常であることは間違いいない。

(叔父様は、やっぱりどこか普通じゃないのかも――……)

かつて彼と結婚していた女性たちとは違う意味で、アリーシャは苦悩していた。

今でこそ衰えを知らない性欲を誇るクレイだが、だからこそ、アリーシャと結ばれるまでは女性を抱けなかったということも不可解だ。

そのあたりの理由について、一度改めて問い質《ただ》してみたいとは思っている。

何故こんなに歪んだ性癖を持つようになったのか、そのこととも関係しているかもしれない。あまり詳しい話を聞いたことのない孤児院時代に、何かがあった可能性もある。

(だけど最近の叔父様は、まともに話もしてくれないし……)

二人きりになれば即座に押し倒されて、ゆっくり話し合うどころではない。もちろん、絵を描いてもらう日課も絶えて久しいままだ。

さらにアリーシャを不安にさせているのは、屋敷の中にいると思《おぼ》しき、クレイの協力者の存在だった。

あれから注意してみたところ、クレイがアリーシャを抱こうとするたび、必ず外から施錠されている気配があった。

人払いもされているのか、アリーシャがどれほどみだりがましい声をあげても、侍女が様子を見にくることもない。

もしかすると屋敷の人間全員に、自分たちの不埒な関係を知られているのではないか――そう思うと、何気ない顔で生活することも難しく、アリーシャは気の休まらない日々を過ごしていた。

その上、例の悪夢を見る頻度も増して熟睡できていないのだから、エマに体調の悪さを指摘されるのも無理からぬことだ。

「お久しぶりです」

ふいに頭上から声をかけられ、アリーシャは物思いから醒めた。

振り仰いだ先に立っていた人物に驚き、菫色《すみれ》の瞳を丸くする。

「ルシオ様……――？」

「ええ、僕です。エマ嬢にお願いして、あなたを呼び出してもらいました。不躾《ぶしつけ》な真似《まね》をして、お気を悪くさせたら申し訳ありません」

久しぶりに顔を合わせるルシオは、相変わらず育ちの良い貴公子といった雰囲気を漂わせていた。そういえば彼の通う医学校は、ちょうど冬の休暇の時期だ。

「あの……どうぞ、お座りになって」

一体なんの用だろうと思いつつ、ひとまずルシオに椅子を勧める。

会釈して席についた彼は、注文した飲み物が運ばれてくると、背筋を伸ばしてこちらに向き直った。

「あまり時間もないでしょうし、単刀直入に言います。アリーシャ。僕はあなたに、正式に結婚を申し込みたいと思っています」

アリーシャは息を呑み、ルシオを凝視した。

まじろぎもせず見つめ返してくる彼の瞳には、確固とした意志が宿っていた。

「それは……無理です」

「何故？　僕のことがお嫌いですか」

ようやく言葉を紡いだアリーシャに、ルシオは間髪を容《い》れず尋ねてくる。

「そうじゃありません。でも……」

今のクレイが、アリーシャを誰かのもとに嫁がせるとは思えない。

そう思いながら、しかしアリーシャは、いつまでもこのままではいられないとも考えていた。

自分たちの爛《ただ》れた関係は、どこかで正されるべきだ。今すぐには無理だとしても、できる限り距離を置くにこしたことはない。

もしもアリーシャが誰かと結婚すれば、クレイは目を醒ますだろうか。

もちろんそんなことのために、ルシオを利用するわけにはいかないとわかっているが

──。

「あなたの叔父上には、僕から話をします。許しをいただけるまで、何度でもお願いするつもりです」

「……それはどうでしょう」

「僕の気持ちは揺るぎません。あなたを妻に迎えるまで、決して諦めません」

ひたむきに語るルシオを前に、アリーシャはひどく申し訳ない気持ちになった。

ルシオが自分のどこを気に入ってくれたのかは、正直まったくわからない。

けれど自分は、こんなふうに真剣な求婚を受けるに値する女ではないのだ。

「ルシオ様。お気持ちはありがたいのですけど……私はもう、どなたの花嫁にもなる資格はありません」

「それはどういうことですか？」

「……神様の前で、純白のドレスを着て、無垢なふりをすることはできないんです」

すでに自分は純潔を失ってしまっているのだと、アリーシャは言外に告げた。

こんなことを打ち明けるのは、震えるほどの勇気が必要で、己《おのれ》の名誉を損なうことだとわかっていた。

けれど、それくらい正直になってみせなければ、ルシオの真摯《しんし》な想いを退ける理由にはならないと思ったのだ。

アリーシャの告白を聞いたルシオは、しばし呆然としていた。

「誰があなたを――……いや」

苦々しく言いかけて言葉を切る。

その後の申し出は、思いもしないものだった。

「それでも構わない。過去のことは、僕は気にしません」

きっぱりと言い切ったルシオに、アリーシャは今度こそ絶句する。

「何も気に病《や》む必要はありませんから、どうか僕と結婚してください。せめて、あなたの叔父上に話をする機会だけでも与えていただきたいのです」

（……ルシオ様は、そんなにも私のことを？）

疵物《きずもの》になった娘と知って、なお妻になってほしいと望む。

ルシオのその情熱に、アリーシャは当惑しつつも圧倒された。

結局その日は、明確な返事をすることはできなかったが、ルシオは自分の意志を伝えられたことにすっきりした様子で帰っていった。

一方のアリーシャは、ルシオの申し出に、そわそわしている自分を認めないわけにはいかなかった。

彼のことを愛しているわけではない。

だが、貴族同士の結婚など気持ちが伴わないことが普通なのだし、一緒に暮らすうちに愛情が育《はぐく》まれることもある。

そして、何より。

(私にもまだ、まっとうに生きる道が残されてるの――……?)

抗《あらが》いがたい誘惑から目を逸らすように、唇を噛む。

自分がどれほど卑怯で身勝手なことを考え始めているのか、はっきりとした自覚が芽生える前に、アリーシャはそそくさと帰路についた。


クレイからアトリエに呼び出されたのは、それから三日後の夜だった。

最近はめっきり絵を描かれることもなくなっていたのに、どういう風の吹き回しだろう。

訝《いぶか》しみながら足を向けると、明かりを灯したアトリエの中、クレイはイーゼルを用意して振り返った。

「来てくれたんだ。そこに座って」

示されたのは、イーゼルの向かいに置かれた長椅子だった。優しげな口調に逆に警戒心を抱《いだ》きつつ、言われた通りに腰かける。

（もしかして、脱げとか言われるのかしら……）

あられもない裸の絵を描かれ、そのまま抱かれるのではないかと気もそぞろになっていると、クレイはくすりと笑った。

「何？　緊張してるの？」

「だって……」

「心配しなくても、今日は普通に絵を描くだけだよ。リラックスして、こっちを向いて」

拍子抜けするような気持ちでいると、クレイは本当に腰を据えて下描きを始めた。木炭がキャンバスの表面に擦れる音だけが、夜のアトリエに軽く響く。

「――痩せたね」

ふいにぽつりとクレイが言った。

「顔色も悪いし、よく眠れてないみたいだね。……全部、俺のせいなんだけど」

「叔父様……？」

アリーシャは戸惑い、瞳を瞬かせた。

クレイの口調に、悔やむような響きを感じた。そう思ったのは自分の気のせいだろうか。

「今日、彼と会ったよ」

「彼って？」

「君にご執心な、例のルシオ君。アリィと結婚させてほしいって、俺に頼みにきた」

叔父の言葉に、アリーシャは短く息を呑んだ。

ルシオと会ったのはほんの三日前だし、アリーシャ自身は彼に対してなんの意思表示もしていない。少なくとも、今はまだ。

（ルシオ様からの求婚を、叔父様はどう思ったの……？）

キャンバスに遮られたクレイの顔は、この位置からではよく見えない。

アリーシャは注意深く気配を探ったが、叔父が何を考えているのかは読み取れなかった。

「アリィは、彼をどう思ってる？」

逆に問われて言葉に詰まる。

「前々から手紙や贈り物が届いてたのは知ってたけど。案外、満更でもなかったのかな」

「私は……」

どうしよう。

どう言おう。

下手な受け答えをすれば、自分ばかりかルシオにまで叔父の怒りが飛び火しそうで、すぐには答えを返せない。

「――そんなにも俺が怖い、アリィ？」

木炭の音が止まった。

クレイがおもむろに立ちあがり、こちらに近づいてくる。アリーシャは反射的に長椅子の肘掛けを握り締め、身を強張らせた。

そんな姪の姿に、クレイが悲しげな表情で嘆息する。

「そんなに怯えきって……アリィにとってもう俺は、恐怖を与える存在でしかないってこと？」

アリーシャは何も言えず、ただクレイを見上げた。

その翠《みどり》の瞳は灰色がかって暗く翳《かげ》り、底知れない憂いを宿していた。

「……潮時なのかな」

「え……？」

「俺といるより、ルシオ君のもとに嫁いだほうが、君は幸せになれるのかもしれない」

――一瞬、自分の耳を疑った。

クレイは今、一体なんと言ったのだろう。

「ルシオ君と話してよくわかったよ。彼は真面目で誠実な男だ。医学校での成績も優秀みたいだし、きっといい医者になると思う」

淡々とした口調に、アリーシャは不安を掻き立てられた。

「アリィさえその気なら、彼と結婚すればいいよ。いつまでもこんなふうに、俺のそばに縛りつけておくのは、やっぱり……」

「叔父様はそれでいいの？」

正体のわからない焦燥感から、アリーシャは切り込むように尋ねた。

「私が、ここからいなくなっても……だって……だって、叔父様は……」

アリーシャ以外の誰も愛せないと。

自分を理解してくれるのはアリーシャだけだと。

何度も繰り返し重ねられた、あの言葉の数々はなんだったのか。

「アリィだって、こんな関係はよくないってわかってるんだろう？」

いきなり常識めいたことをいうクレイが、昨日までとは別人のように思えた。

ルシオという第三者が現れたことで、盲目的だったアリーシャへの想いを客観視するようになったのだろうか。――それにしても、あまりに変化が急すぎる。

「俺の気持ちは変わってないよ」

アリーシャの動揺を見透かしたように、クレイは薄く笑った。

「だけど、怖いんだ……このままアリィのそばにいたら、俺はもっとひどいことをしてしまいそうで」

「ひどいこと……？」

「うん。俺はね。多分、普通には人を愛せない」

それはアリーシャも、最近の情交から感じていたことだった。

相手を慈しみ、穏やかに抱き合うだけでは満たされない虚《うつ》ろを、クレイはその身の裡《うち》に抱えている。

アリーシャが距離を置こうとしたことがきっかけではあるものの、穏やかな仮面が剥がれて噴出した執着心のほうが、おそらく叔父の本質なのだ。

「……どうして普通にはできないの？」

アリーシャは精一杯の想いで問いかけた。

だがクレイは、ただ首を横に振るだけだった。

「それはもういいんだ。アリィが俺の目の前からいなくなれば、そんな衝動も消える。害のない人間のふりをして、どうにかやっていくよ」

「またそのうち、新しい奥さんを迎えるの……？」

「しないよ。これから一生、俺はアリーシャ以外の誰にも触れない」

クレイの指が、アリーシャの髪をそっと撫でた。

性的な触れ合いではなく、ただ優しく。幼い頃、何度もそうしてくれたように。

「あの絵は記念にしようと思うんだ」

描きかけのキャンバスを見やり、クレイは言った。

「アリーシャが嫁ぐまでに完成させて、ずっと大事にする。絵の中のアリーシャだけは、俺が死ぬまでそばにいてくれるから」

「私は……っ」

やるせない感情が込み上げ、アリーシャの声はかすれた。

——そばにいる。

——絵などではなく、本物の自分自身が、ずっとそばに。

そう言ってしまいたい気持ちと、踏み留まるなら今しかないという理性の間で、アリーシャの心は揺さぶられた。

これはきっと、クレイの精一杯の愛情。

共にあれば沈みゆくしかない船から、アリーシャだけでも逃《のが》れるべきだと、彼は言ってくれている。

「私たち……ただの叔父と姪に、戻れるの……？」

「君がそう望むなら」

静かに言って、クレイは踵《きびす》を返した。再びキャンバスに向かい、下描きを再開する。

「笑って、アリィ」

そう言われても、とてもそんな気分にはなれなかった。

だが、この絵に描かれた自分が、クレイのもとに残る姿なのだ。

泣き出しそうになるのを堪《こら》えながら、アリーシャは精一杯に微笑んだ。

――示された道が正しいのだとわかっていても、胸の中心に穴が空いたような喪失感で、背中がひどく冷たい。


そこからの展開は早かった。

ルシオとの結婚について前向きに承諾したつもりはないが、異を唱えることもできなかったアリーシャの心を置き去りにして、婚礼の準備は着々と進んだ。

仕立屋が呼ばれ、美しい花嫁衣装が縫われ、嫁入り道具の選定が侍女たちの手によって行われる。

結婚といっても急な話だったため、大がかりな祝宴は避けて、簡素な式を挙げるのみとなった。アリーシャ自身、派手なことは好まない性格なので、それは好都合だったが。

（本当にこれでいいの？）

間違った地図を頼りに歩いてきてしまったような心細さに、アリーシャは夜毎《よごと》自問した。

普通に考えれば、こうすることが誰にとっても望ましい。

義理とはいえ、叔父と姪の不道徳な関係などいつまでも続けるべきではないのだし、ルシオは爵位こそないが非の打ちどころのない青年だ。

彼とならきっと、穏やかで理想的な家庭を築けるだろう。

いずれアリーシャはルシオの子供を産んで、新しい家族を作っていく。幼い頃に両親を亡くした自分が、今度は誰かの母になるのだ。

（――だけど、そのとき叔父様は？）

この屋敷に残されるクレイのことが、アリーシャは気がかりでたまらなかった。

二度と誰とも結婚しないというクレイの言葉は、どこまで本気なのだろうか。

アリーシャを嫁がせると決めて以降、クレイは心を入れ替えたように、一切手を出してくることがなかった。

それでも、以前とまったく同じようになれたかというと、そうではない。

一度どっぷりと男女の仲になってしまった相手と、何食わぬ顔で接することは難しいのか、クレイはアリーシャと二人きりになることを避けているようだった。

そうなると寂しいと思う気持ちも本当で、自分でも何をどうしたいのかわからない。

こんなことではルシオにも失礼だと思いながら、流されるままに時は過ぎ、そうして春もまだ浅い季節に、婚礼の日は訪れた。


「緊張してる、アリィ？」

目の前の扉の向こうから、重厚なパイプオルガンの音色が聞こえてくる。

挙式のために選んだのは街の小さな教会で、参列者は新郎新婦の親族のみに限られていた。

アリーシャのほうの身内といえば、クレイただ一人だけで、盛装した彼は入場前の花嫁と腕を組み、その耳元に囁きかけた。

「さっきからずっと震えてる。——俺が支えていてあげるから、大丈夫だよ」

レースのヴェールごしでぼやけていたが、叔父は微笑んでいるようだった。

その表情に悔恨《かいこん》や焦燥の色が潜んでいないか、アリーシャは必死な思いで探った。

クレイは本当にこのまま、アリーシャを他の男のもとに嫁がせてしまうつもりなのか。

「叔父様……私……」

この扉が開いたら、もうどこにも逃げられない。

父親の代理であるクレイから、花婿であるルシオに受け渡されて、アリーシャはとうとう人妻となる。

「花嫁がそんなに不安そうな顔をしてちゃ駄目だ」

クレイは小さく笑い、ヴェールをめくると、アリーシャの頬を両手で包み込んだ。額に額をくっつけて、大切な宝物を慈しむようにじっと見つめる。

「――幸せになるんだよ」

贈られたキスは、アリーシャの頬に軽く触れるだけのものだった。

傍《はた》から見れば愛情に満ち溢れているはずの行為に、突き放されたような絶望を感じて、手にしたブーケを力任せに握り締める。

その勢いに白薔薇の茎が折れ、花弁《はなびら》をはらはらと散らした。

聖堂の扉がゆっくりと開き、ヴァージンロードの先で、夫となる人が振り返る。

ステンドグラスごしの光が降り注ぐ空間に、アリーシャは操り人形と化したような心地で、ふらりと足を踏み出した。

夫婦の新居は、クレイのお膳立《ぜんだ》てで、ヴィラント伯爵家の別邸がそのまま使われることとなった。

本邸からは馬車で半刻ほどの距離にあり、眼下に海を臨める地形に位置しているため、遠く潮騒《しおさい》の音が聞こえた。

夫であるルシオはいまだ勉学中の身で、普段はこれまでと同じように王都での下宿生活を送ることになる。

本格的な居を構えるには時期尚早だということで、留守を預かるアリーシャにとって、馴染みのある場所が優先されたためだ。ルシオも初めは恐縮していたが、結果的にはクレイの厚意を素直にありがたがっているようだった。

壁紙が張り替えられ、新しい家具が運び込まれたその住まいに、挙式を終えた新郎新婦が辿り着いたのは夜だった。

この機会に雇い入れられた使用人たちが、ずらりと並んで主《あるじ》夫妻を出迎え、食事の用意ができていると申し出る。

結婚式で疲れ切っていたせいで正直食欲はなかったが、せっかく作ってくれたのだからと、アリーシャは無理を押して食堂の席についた。給仕の者がやってきて皿を取り換えていくほかは、ルシオと二人きり、差し向かいだ。

「このホタテとサーモンのパテは、味も見た目も素晴らしいですね。さすが、あなたの叔父上が選んだ料理人だけのことはある」

「ええ……私もそう思います」

夫となったばかりのルシオは、完璧なマナーで料理を口にし、出来ばえや作り手について惜しみない賛辞を送った。

アリーシャも相槌を打ってはいたものの、実際は心ここにあらずだった。

この別邸にやってくるときは、避暑目的やスケッチ旅行でいつもクレイと一緒だったから、向かい合っているのが叔父ではないことに、どうしても違和感を覚える。

それに――。

（……ルシオ様と私は、ちゃんとした夫婦になれるのかしら）

結婚の話が決まって以来、ルシオと会う機会は当然増えた。

式に関する打ち合わせや相談はそれなりにあったし、二人きりで芝居や演奏会に出かけたこともある。

けれど、そんなときのルシオはいつも、絵に描いたように紳士的だった。

別れの際に交わす口づけも、礼儀正しく手の甲にだけ。さきほどの結婚式の場でさえ、誓いのキスは唇ではなく額にだった。

今だってこうして、互いに敬語でしか話せない。求婚こそ熱心だったが、ルシオは存外に奥手な性格らしかった。

どうやって距離を縮めていけばいいのかと、アリーシャは思い悩んでしまう。

(だって今夜は……)

この先のことを思うと、うまくものが呑み込めなくて、アリーシャはフォークとナイフを置いた。

改めて考えるまでもなく、今宵《こよい》は初夜だ。

ルシオとは正式な夫婦になったのだから、閨《ねや》を共にするのは当たり前のことだが、打ち解けられないまま抱かれることになるのかと思うと、期待にではなく胸がざわつく。

結局ほとんど残してしまった夕食のあと、侍女の手を借りて湯浴みを終えたアリーシャは、夫婦のための寝室に緊張して足を踏み入れた。

ルシオはまだやってきてはいなかったが、部屋の真ん中に置かれた寝台を目にするだけで、どうしようもなく怯《ひる》んでしまう。

「はぁ……」

アリーシャは溜め息をつき、寝台の端に腰を下ろして顔を覆った。

数えあげれば不安はきりがない。

アリーシャがすでに処女《おとめ》ではないことを、ルシオは承知しており、その上で結婚を申し込んでくれた。

それでもいざ、他人の手垢のついた花嫁を抱くことに、抵抗を覚えはしないだろうか。

アリーシャもアリーシャで、クレイ以外の男性との経験は初めてだ。

勝手がわからないことに挑むのは怖いし、クレイにしかこの身を許したくないという抵抗感もある。

アリーシャのいなくなったあの屋敷で、今頃彼は何を思っているのだろう。

自分の抱き尽くした女が、他の男の妻になると想像するとき、覚えるのは喪失感なのか、それとも優越感なのか。

（……私は、叔父様にどうしてほしかったの？）

アリーシャの指先は、無意識に自らの唇に触れていた。

教会で誓いの言葉を紡いだのに、花婿にも口づけてもらえなかった唇。

けれどアリーシャが求めていたのは、他人行儀な夫からのキスではなく、さんざん馴染んで少し乾いた唇の感触ではなかったか。

式の直前、クレイが頬に口づけたとき、アリーシャが覚えたのは明確なもどかしさだった。こんなものでは足りないと、彼との夜に馴《な》らされた心と体が、切なく疼いてたまらなかった。

（駄目……こんなことを考えちゃ）

己《おのれ》を戒めるように、アリーシャは夜着の上から膝に爪を立てた。

気持ちがどうであれ、自分はもうルシオの妻なのだ。これからは脇見をせず、ひたすら貞淑に夫に仕えていかなければ。

「アリーシャ。入りますよ」

軽いノックの音がして、寝室の扉が開けられた。

慌てて居住まいを正したアリーシャが見たのは、上着こそ脱いでいるものの、シャツにネクタイをきっちりと結んだルシオの姿だった。

「今日は朝から疲れたでしょう」

ルシオは部屋に入ってきたが、寝台にまでは近寄らなかった。入り口からほんの数歩の場所で、所在なさげに佇んでいる。

「どうか今夜はゆっくり休んでください。僕はこの家での取り決めについて、使用人頭と話をしてきます」

「えっ……？」

引き止める間もなかった。

アリーシャがぽかんとしている間に、ルシオは身を翻し、部屋を出て行ってしまった。

取り残されたアリーシャは、困惑しつつ今の出来事の意味を考える。

（これは……今夜は何もしないってこと……？）

アリーシャの体から力が抜けた。

緊張のあとの肩透かしに、疲労感がどっと襲いかかってくる。

（よかった――なんて、思っちゃいけないんだろうけど……）

ルシオのほうでも、新妻との距離をまだ測りかねているのかもしれない。

ここで性急に体を繋げるよりも、夫婦らしい絆をゆっくり育《はぐく》んだのちに――と考えたのだとしたら、いかにもルシオらしかった。

（……きっと焦らなくていいのよね）

時間はたくさんあるのだからと言い聞かせ、アリーシャは寝台に身を横たえた。

一人で眠る寝台は心もとないほどに広く、肌に触れる敷布は氷のように冷えていた。

7　不道徳な再愛

　脳天を焦がす強い陽射しが、あたり一面に降り注いでいる。

　視界が白むほどの真夏日の中、アリーシャは額に汗を浮かばせながら、屋敷の庭に佇んでいた。

　片手には籐で編まれた籠。逆の手には銀の剪定鋏《せんていばさみ》。

　アリーシャ自《みずか》ら水をやり、肥料を撒《ま》いた花壇の前で、暑さに枯れた薔薇の花を、ぱちんぱちんと摘《つ》み取っていく。

「この気温ではお体に障《さわ》ります、奥様。そんなことは庭師にお任せになって……」

「いいの。やりたいの」

　心配そうに日傘を差し掛ける侍女にそう言って、アリーシャは黙々と作業を続けた。茶色く変色して萎《しお》れた花が、何かの痛ましい死骸のように、籠の内側に積もっていく。

「……旦那様が、もっと頻繁にお帰りになってくだされればよろしいのですけど」

そうであれば奥様も暇を持て余して、こんな益体《やくたい》もないことはなさらないだろうに――と言わんばかりの呟きを、アリーシャは聞かなかったふりをした。

先だっての結婚式を終えてから、すでに四ヶ月が経つ。

それだけの時間が流れても、ルシオとの暮らしは、アリーシャの想像していたようなものにはならなかった。

挙式の翌日、ルシオは早々に王都の下宿に戻ってしまった。彼が卒業して医師免許を得るには、あと二年は学生生活を送らなければならず、それはアリーシャも承知していたことではあった。

週末ごとに、ルシオはこの屋敷に帰ってくる。

けれど、それは本当にそれだけのことだった。

共に食事をし、留守の間の出来事を報告しあい――そして、夜は別々に眠る。

信じがたいことだが、ルシオはアリーシャに指一本触れていなかった。結婚式で額にキスをしたのが、唯一にして最後の接触だ。

ルシオ曰《いわ》く、試験のための勉強や、持ち帰った課題が山積みになっているということだったが、さすがにアリーシャもそれを信じ込むほど幼くはない。

ルシオは、明らかに自分を避けている。あれほど熱心に求婚し、クレイを説き伏せてまで娶《めと》ったはずの新妻を。

(私が何か、気に障ることをしたの……?)

この四ヶ月、アリーシャは一人で悩み続けた。

心当たりがあるとすれば、やはりこの身が純潔ではないことだろうか。初めはそれでもいいと言ったルシオだが、いざとなるとやはり嫌になったのかもしれない。

だがアリーシャのほうから「どうして抱いてくれないのか」と尋ねることは憚《はばか》られた。

何か決定的なことを言われるのが怖かったからでもあるし、話し合って問題が解決したとして、いよいよルシオに身を委《ゆだ》ねることを、本心ではまったく望んでいないことに気づいてしまったから。

(――やっぱり、私がいけなかったんだわ)

苦い自責の念を抱きつつ、アリーシャは鋏をふるった。

(ルシオ様に、本当に申し訳ないことをした……)

叔父との不埒な関係をどうにかせねばと考えていたとき、たまたま求婚してもらえたからと、流されて嫁ぐことになってしまった。

真相こそ知られていないだろうが、アリーシャのそういう狡《ずる》さを、ルシオもどこかで感じとっているのかもしれない。

だからこそ表面的には優しく振る舞うくせに、深く踏み込んではこないのだろう。

唇を噛みしめたとき、指先にちりっと鋭い痛みが走った。

「あ……――」

考え事に耽《ふけ》っていたせいで、薔薇の棘《とげ》で指を刺してしまった。みるみるうちにぷつんと、玉のような血が盛り上がる。

「奥様、お怪我を!?」

そこに。

「奥様、お手紙が届いております」

年若いメイドが屋敷のほうから駆けてきて、侍女にぎろりと睨まれた。

「そんなことより、薬と包帯を用意して！　奥様がお怪我をなさったのよ」

「えっ……！」

慌てて身を翻そうとするメイドを、アリーシャは「待って」と呼び止めた。

「大した傷じゃないわ。手紙はどこから？」

「あ……それが、奥様のご実家からのものでしたので……」

(実家って――……叔父様から?)

アリーシャの鳩尾《みぞおち》がきゅっとすくみあがった。期待にか不安にか自分でもわからない。結婚してからというもの、叔父は一度もこちらを訪ねてくることはなかった。手紙を寄越したのもこれが初めてだ。

メイドの差し出す封筒を、アリーシャは急いで受け取った。部屋に戻るのももどかしく、その場で開封する。

しかしよく見れば、手紙の差出人はクレイではなく、家令のクロードだった。

落胆を覚えつつ文面に目を通したアリーシャは、一瞬後、顔色を変えて叫んでいた。

「急いで馬車の準備をして!」

「奥様、どうなさいましたか?」

「叔父様が……叔父様が……」

白い便箋を握る手に力を込めれば、傷口から溢れた血が、インクの染みのようににじわりと滲んだ。

「叔父様が、倒れてしまったの……!」

アリーシャが外出をしたのは、結婚以来、この日が初めてだった。

クロードの手紙によれば、アリーシャが嫁いでからというもの、クレイは日に日に元気をなくし、食事や睡眠もまともにとっていなかったらしい。

そうしてとうとう、アトリエで倒れているところを、メイドに発見されたということだった。

（どうして何も言ってくれなかったの？　そんなになるまで、なんで……）

馬車に揺られながら、アリーシャはやりきれない気持ちで唇を噛んだ。

それと同時に、こちらから叔父の様子を窺いにいかなかったことを、どうしようもなく後悔した。

——自分は、怖かったのだ。

ルシオとの夫婦関係もしっかりと築けていないうちに、クレイと顔を合わせれば、またずるずると気持ちが引きずられてしまうのではないかと。

だが今は、そんなことを言っている場合ではない。

（私たちは、ただの叔父と姪に戻ったんだから。身内の心配をするのは当たり前のことだから……）

そんな言い訳を繰り返すうち、窓から覗ける光景は見慣れたものになり、ヴィラント邸の正門を通り過ぎる。

アプローチに停車し、御者が扉を開けてくれるのと同時に、アリーシャは馬車から飛び降りた。

「お帰りなさいませ、アリーシャ様」

「クロード！」

迎えてくれた家令に、アリーシャはすがりつかんばかりに尋ねた。

「叔父様は？　叔父様は大丈夫なの!?」

「お医者様の往診を受けて、今は落ち着いていらっしゃいます。度を過ぎた飲酒と心労が祟《たた》ったのだろうとのことです」

「心労って――……」

「アリーシャ様がいなくなられてからの旦那様は、抜け殻のようでした」

社交界の誘いにもとんと顔を出さなくなり、昼間から自室にこもって酒浸りになる。かと思えばふらふらとアトリエに向かい、わけのわからない絵を描き散らしては破り捨てることを繰り返す。

クロードの語る叔父の姿に、アリーシャは痛ましさのあまり息を呑んだ。

『俺が愛せるのはアリィだけだ。アリィがいてくれないと、俺は駄目なんだよ』

かつてクレイが口にした言葉は、大げさでもなんでもなかった。

そんな彼を、自分はどうして一人で置いていけたのだろう。

「叔父様に会わせて……」

震える声でアリーシャは訴え、クロードと共に叔父の寝室に向かった。

ノックをしても答えは返らなかったので、思い切って扉を押し開ける。昼間からカーテンが閉ざされた部屋は薄暗く、空気が淀みきっていた。

「……入るわね、叔父様」

寝室に足を踏み入れた瞬間、饐《す》えた匂いが鼻をついた。

テーブルの上の灰皿から煙草の吸い殻が溢れて、アルコールの残り香が強く漂っている。

そんな部屋の真ん中で、クレイはぼんやりと目を開けたまま、寝台に横たわっていた。

アリーシャが駆け寄り、すっかりこけた頬に触れても、しばらくは反応もしなかった。

「叔父様。わかる？　アリーシャよ。帰ってきたの」

「……アリィ……？」

濁《にご》った瞳がアリーシャを映し、乾ききった唇がのろのろと動いた。

アリィ――と、その愛称で呼ばれると、アリーシャの胸は今も、細い糸で締めつけられるように痛んだ。

「そうよ。私よ」

クレイはずいぶん痩せ細って、顎にはまばらな無精髭《ぶしょうひげ》が生えていた。

常に身なりに気を配り、大勢の女性の視線を釘づけにしていた美丈夫が、今は見る影もない。

それでもアリーシャには、大切で愛おしい叔父だった。

血が繋がっていなかろうと、この世でたった一人の肉親と呼べる人だった。

「ごめんなさい……叔父様……」

何も知らないまま一人にして。

こんなになるまで放っておいて。

ぽろぽろと零れ落ちた涙がクレイの頬を濡らすと、彼はようやく目覚めたように、ゆっくりと瞬きした。

迷子の子供が母親に見つけられたときのように、ばつの悪そうな笑みを浮かべて。

「夢じゃないのかな——……おかえり、アリィ」

「っ……——」

「ただいま」と答えたかったのに、口にすることができなかった。

以前よりひと回りも小さくなった叔父の肩に顔を埋《うず》め、アリーシャは声をあげてしゃくりあげた。

それから半月ほどを、アリーシャは実家に泊まって過ごした。

クレイの体調が回復するまで新居には戻らず、看病をして過ごすことにしたのだ。

どうせルシオは、あの家には週に一度しか帰らないのだし、それも義務的なものでしかない。

その証拠に、クレイの様子を心配する手紙と見舞いの花は届いたが、アリーシャに早く戻ってくるよう促すような言葉は一切なかった。

それなのに、クレイはルシオに対して申し訳ないと繰り返す。

「本当に、俺の面倒なんか見てていいの？　アリーシャはもう結婚したんだから、あんまり勝手なことをしちゃ駄目だよ」

「だったら、早く私を安心させて。ほら、ちゃんと最後まで食べて」

寝台の上で身を起こしたクレイに粥《かゆ》を食べさせ、医者の置いていった薬を飲ませる。

アリーシャが戻ってきたことで精神的に落ち着いたのか、今のクレイは普通に会話ができるようになっていたし、酒を飲むこともやめた。

病人そのものだった見た目は、アリーシャが着替えを手伝い、ぼさぼさだった髪にも櫛を入れたせいで、こざっぱりとした印象になっている。

「俺は情けないな……」

夕飯を終えると、クレイは溜め息をついた。

「幸せになってほしいってアリーシャを送り出したくせに、結局こんなことになって。これじゃどっちが保護者だかわからないね」

「……そんなことはいいの」

クレイの枕元に座ったアリーシャは、ゆるりと首を振った。

正直なところ、看病のためという名目でも、叔父のそばにいられることがアリーシャには嬉しかった。

自分に関心を持たない夫《ルシオ》に比べて、クレイはこんなにもアリーシャを必要としてくれる。

唯一気にかかることと言えば、再会を果たした瞬間を除いて、クレイが「アリィ」とは呼んでくれなくなったことだ。

それが人妻になった自分への遠慮なのかと、少し寂しくなる。

「ルシオ君とは仲良くやってるの？」

「え――」

ふいに尋ねられて、アリーシャは言葉に詰まった。

ここは問題ないと答えるべき場面なのだろうが、一瞬の躊躇《ためら》いのせいで、妙な間が生じてしまう。

するとクレイは「そういえば……」と、視線を壁際に走らせた。

「そこのキャビネットを開けてくれる？　一番上の段に、紫のラベルが貼られたワインがあるだろう？」

「これのこと？」

アリーシャはクレイの言う通りに、ガラス張りのキャビネットから、一本のボトルを取り出した。透明度の高い柘榴石《ガーネット》を溶かし込んだような、年代物の赤ワインだ。

「まさか飲ませろって言うんじゃ……」

「違うよ。もう酒に逃げるつもりはない」

クレイはそう苦笑した。

「だけどそこにあると、つい目が引き寄せられるからね。捨てるには高価なものだから、よかったらアリーシャが飲んでくれる？」

「今ここで？　私、お酒には弱いんだけど……」

「でも嫌いじゃないだろう？」

にっこりして言われると否定できない。確かにアリーシャは、酔いやすい体質ではあるものの、酒の味自体は嫌いではないのだった。

「でも、病人のそばでお酒なんて」

「いいんだよ。アリーシャはずっと俺につきっきりなんだし、せめてものお礼だと思って。すぐにつまみも運ばせるからさ」

熱心に勧められるうち、アリーシャはとうとう誘惑に負けた。

「じゃあ……少しだけいただくわ」

すでに開封済みだったらしく、コルク栓《せん》は簡単に外れた。

グラスに注《そそ》いだワインを一口含んだ瞬間、芳醇《ほうじゅん》な香りが鼻に抜けて、アリーシャは目を瞠《みは》った。

「美味しい……！」

葡萄の甘みと酸味がほどよく混ざり合っていて、胃の底がほわっと温かくなる。

「気に入った？　なんだったら、全部飲んでいいよ」

「まさか。そんなの無理よ」

そう言いながらも、口当たりの良さにつられて、アリーシャはずいぶん飲み過ごしてしまった。クレイがメイドに命じて用意させたチーズや、オリーブのマリネも絶品で、つい酒が進んでしまう。

ほどよい酩酊は、口にしにくいことを打ち明けるには絶好の潤滑油だった。心の箍《たが》が緩んで、後先のことを考える理性が薄れていく。

「……実はルシオ様とは、あんまりうまくいってないの」

嫁ぎ先での生活について知りたがるクレイに、気づけばアリーシャはほろりと洩らしてしまっていた。

信じられないことを聞いたというように、クレイが眉をひそめる。

「どうして？　絶対にアリーシャを幸せにするからって、あんなに熱心に求婚してきたくせに――」

驚愕を超えて怒気を滲ませた叔父の声に、アリーシャは慌てて言った。

「ルシオ様だけが悪いんじゃないわ。私のほうからも歩み寄れないのがいけないのよ」

「それは、どういうこと？」

「ええと……」

こんなことまで喋る気はなかったのに、後に引けなくなってしまった。

「私も、その……妻の役目を、ちゃんと果たしてないから」

アリーシャの言い淀む様子で、クレイは即座に事情を察したらしい。

「──もしかして、彼とはまだしてないの？」

核心を突かれて、アリーシャは小さく頷いた。恥ずかしさと惨めさが、噴き零れるように溢れてくる。

「へ……変よね、こんなの。私たち、結婚したのに……夫婦になったのに、それは形だけだなんて……」

「アリーシャは変じゃない。おかしいのは彼のほうだ」

クレイは手を伸ばし、アリーシャの肩をぎゅっと抱き寄せた。

そんな場合ではないのに、慣れ親しんだ温もりに、アリーシャの胸はとくんと甘い鼓動を刻んだ。こんなふうに力強く、ルシオは自分に触れてくれない。

一方のクレイは、憤《いきどお》りに唇をきつく噛みしめていた。

「俺が早まったのかもしれない。彼は伯爵家の生まれといっても、爵位を継げない立場だから。アリーシャと結婚したがったのも、うちの財産目当てだったとしたら──」

「そんな」

アリーシャは否定しようとしたが、考えてみればそういう可能性もあるのだった。

実際にクレイは、アリーシャたちのために新居も提供してくれたし、当面の生活費も彼の懐から出ている。

「もしかしたら、彼は王都のほうで、誰かを囲ってるのかもしれない」

「囲うって……」

「愛人だよ。そうでもなきゃ、妻に手を出さない理由なんて」

言いかけたクレイは、ふいに言葉を呑み、「――ごめん」と続けた。

「もとはといえば俺のせいだ。アリーシャが彼との結婚を受け入れたのは、俺と距離を置くためでもあったんだろう？」

図星をさされて、アリーシャはとっさに何も言えなくなってしまう。

「わかってたんだ。俺たちの関係は、どう考えたって正しいものじゃない。だけど俺は、どうしてもアリーシャが好きで。欲しくて。そのせいで君を追い詰めて、不幸な結婚をさせてしまった」

「不幸……」

自分は不幸なのだろうか？　と、アリーシャは自問した。

夫に顧《かえり》みられず、一度たりとも抱かれない妻。それは確かに不名誉で、哀れな存在ではあるのだろう。

ルシオと結婚してからというもの、アリーシャはずっと寂しかった。体の内側がひどく空虚で、あの新居に自分の居場所はないように感じていた。

けれどそれは、ルシオに愛されないからではなくて。

(あそこには叔父様がいないから……──)

思いがけない本心に気づいてどきりとした刹那《せつな》、クレイとアリーシャの目が合い、視線が絡むように結ばれた。

「アリーシャがそんなふうに蔑《ないがし》ろにされるなら……」

クレイが苦しそうに瞳を細めた。

「だったら──いっそ、また俺と……──」

何かを言いたげな唇がアリーシャの口元に近づき、わずかな距離を開けて止まった。

胸の内側が悩ましい熱を宿し、久しぶりの感覚にアリーシャは惑乱した。

いけない。

自分たちはもうただの叔父と姪で、二度と過ちは繰り返さないと誓ったのに、形のいい唇から目が離せず、下腹がじわりと疼く。

──だが。

「……ごめん。こんなことは、もうしちゃいけないね」

ぎりぎりのところでクレイが身を引き、遠ざかっていく体温に、アリーシャは肩透かしを食らったような心地になった。

「もう遅いし、そろそろ自分の部屋に戻りなよ」

「え……ええ……」

一体何を期待していたのだろうと、アリーシャは熱くなった頬を押さえた。

(私……今、はしたないことを想像して……)

そんなことは、もうあるわけがない。

アリーシャを他の男に嫁がせることを了承した時点で、クレイもやっと正気を取り戻したのだ。

その結婚が幸せなものではないとわかったところで、いまさら何が変わるわけもない。

「……おやすみなさい」

「うん、おやすみ。いい夢を」

立ちあがるアリーシャに、クレイは優しく微笑んだ。

その顔を正面から見られなくて、アリーシャはそそくさとその場を立ち去り、かつての自室へと足を向けた。

眠る前に湯を浴び、さっぱりすれば気分も変わるだろうと思っていたが、それは見込み違いだったことを、アリーシャは思い知らされていた。

（私ったら、どうしたの……？）

さきほど飲んだワインが回ってしまったのか、体が火照ってたまらない。

鏡台の前で髪を梳《す》かれ、香油を擦り込む侍女の手が耳朶《じだ》をかすめただけでも、びくんと肩が跳ねてしまう。

「どうなさいました、アリーシャ様？」

「な……なんでもないの」

そう答えながらも、アリーシャの頬は上気し、菫《すみれ》色の瞳は潤みきっていた。

肌の下を無数の小さな生き物が這っているかのようで、じっとしていてもぞくぞくした戦慄《せんりつ》に見舞われてしまう。

（これって……）

夜着の下で、アリーシャはもぞりと腿を擦り合わせた。

取り替えたばかりの下着がすでに用をなさないほどに、その奥は熟してしまっている。

自らの体が性的な刺激を欲して疼いていることを、認めないわけにはいかなかった。

（久しぶりに叔父様とおかしな空気になったから？　以前のことを思いだして？）

だとしたら自分は、なんという淫蕩《いんとう》な女なのだろう。

いくら夫婦生活がなくとも、ルシオの妻という立場があるのに、叔父との情事の記憶に体を熱くしているなんて。

「……もういいわ」

これ以上妙な様子は見せられないと、アリーシャは侍女を下がらせようとした。

彼女は不思議そうにしつつもブラシを置き、ふと思いだしたように続けた。

「アリーシャ様がご入浴をなさっている間に、旦那様からの贈り物が届きました」

「贈り物？」

「はい。枕元にございますので、眠る前にご覧くださいとのことです。それではおやすみなさいませ」

深々と礼をして、侍女は退室した。

寝台に近づいたアリーシャは、赤いリボンのかかった小箱を見つけて取り上げる。

リボンには金箔の刷り込まれたカードが挟まっていて、

『寂しがり屋のアリーシャへ。どうか君の慰めになりますように』

とメッセージが書かれていた。

(慰めにってことは、お人形とか？　……叔父様ったら、私のことをいくつだと思ってるのかしら)

苦笑しつつもリボンを解《ほど》き、小箱の蓋《ふた》を開けると、中には天鵞絨《ビロード》の布で包まれた何かが入っていた。手触りは硬く、持ち上げると予想外にずっしりしている。

布を開いて全貌が明らかになっても、アリーシャはしばらくそのものの正体がわからず、首をひねった。

(これは……水晶の彫刻よね。これだけ大きいとすごく高価そうだけど……何の形なのか……──形?)

アリーシャは息を止め、まじまじと見入った。

ゆるい曲線を描く、太めの棒状の塊。

先端はまろやかに嵩《かさ》張っていて、これに似たものを、自分は確かに見たことがある──。

「やっ……!」

気づいた瞬間、アリーシャは小さな悲鳴をあげて「それ」を──男の象徴を模した、淫猥な張り型を取り落としていた。

(な……なんで、叔父様はこんなもの……!?)

心臓がばくばくと騒いで、膝が萎《な》えそうになる。

実際に手にしたのは初めてでも、すでに無垢な身ではないアリーシャには、その使い方がわかってしまった。

混乱する脳裏に、さきほどのカードのメッセージがよぎる。

寂しがり屋のアリーシャへ――つまりクレイは、夫に相手にされない姪のために、これで自らを慰めればいいと告げているのだ。

性質《たち》の悪い嫌がらせのようにも思えるが、もし彼が本当にアリーシャを憐《あわ》れんで、この贈り物をしたのなら。

「…………」

アリーシャはごくりと唾を呑み、寝台に乗り上がった。

おそるおそる張り型に手を伸ばし、改めてその形を確かめる。――見るだけだ、使うわけではない、と自分に言い聞かせながら。

(これくらいなら……)

最初は太く感じたが、幹の部分はアリーシャの指の環《わ》にぎりぎり収まるほどだ。何と比べて「それほどでもない」と考えているかについては、あえて意識から締め出した。

(でも……こんな冷たそうなもの)

躊躇《ためら》うアリーシャの下腹部は今や、煮詰めたシチューを流し込まれたように熱かった。汗ばんだ肌に夜着が張りつき、この熱を冷まさなければ、眠ることなど到底できそうもない。

（少しだけ……だから）

誰にともなく言い訳し、アリーシャはその場に膝立ちになった。べたつく太腿から夜着の裾をめくり、息を詰めて下着に手をかける。

ドロワーズを脱いだ瞬間、秘部からねっとりと糸を引くのを感じて、情けなさに泣きたくなった。自分で自分を軽蔑したくなるような雌の匂いが、周囲に色濃く漂う。

酔っているにしろ、今夜のアリーシャは明らかにおかしかった。

切迫した性衝動に取り憑かれ、その理由を深く考えることもできないほどに。

「ん……っ」

じくじくと蜜を垂らし続ける秘裂《ひれつ》に、アリーシャは戦慄《わなな》く手で張り型の先をあてがった。潤みを纏った先端がぬるりと滑り、秘玉《ひぎょく》が押し潰されるように擦れた。

「ぁあああ……っ！」

驚くことに、アリーシャはそれだけで軽く達してしまった。いつからこんなに飢えていたのかと、自分でも呆然とする。

もっと信じがたいのは、欲求は鎮まるどころか、いまだに強く燃え盛っていることだった。アリーシャは張り型を秘芽《ひめ》に押し当て、それだけではもどかしいと、いつの間にか自《みずか》ら腰を揺らし、より深い快感を追いかけていた。

（いや……私、どうして……）

息を荒らげ、下半身を丸出しにして、いやらしい玩具にいやらしい場所を擦りつけている。

自分のしていることが浅ましいという自覚も、抑止力になるどころか、興奮を煽り立てる材料にしかならなかった。

充血して膨らみきった快感の芯に、ひやりとした水晶の側面がぬるぬると擦れるのが、心地よくてたまらない。

「あぁ、は……はぁ、ぁふ――……」

アリーシャの顎が反り、唇がはくはくと空気を求める。

視線はあてどもなく宙をさまよい、染み渡る愉悦に眉尻が垂れた。

（もっと……まだ足りない……）

さらなる刺激が欲しくて、アリーシャの左手は夜着の襟ぐりを引き下げ、自らの胸をぎゅっと鷲掴んだ。

汗に濡れた乳房がぐにゃりと歪み、その頂で野苺のように色づいた突端が震えている。

アリーシャはそこにも指を当て、くにくにと摘《つま》んで押し回した。たちまちぴんとしこる蕾の根本から、矢のように鋭い快感が走って、子宮がきゅううっと収縮した。

「ああ……──」

甘い息が洩れ、蜜壺《みつつぼ》の奥から粘ついた愛液がどぷりと溢れる。

たらたらと滴る半透明の雫は、水晶の陽根《ようこん》に纏わりつき、卑猥な玩具をいっそうみだりがましい有り様にさせた。

ひくひくと勝手な蠢動《しゅんどう》を始める蜜洞《みつほら》に伴い、可憐な花弁《はなびら》のような秘唇《ひしん》が、ぱっくりと咲き綻んでいく。その狭間に張り型を添えれば、柔らかな媚肉《びにく》の入り口は自《おの》ずから開いて、作り物の男根《だんこん》をぬぷぬぷと呑み込んでいった。

「やぁあ……あぁ、ん……っ」

膝立ちの姿勢から寝台にぺたりと尻をつけ、アリーシャは大きく脚を広げた。

爪先に力を込め、腰をぐいぐいとせり上げる動きは、張り型を貪欲に迎え入れようとするものだった。

「はあ、ぁ……ん、ぅく──……」

ずっと疼いて仕方がなかった場所を、硬いものでぐりぐりと掻き回すと、得も言われぬ喜悦が生じて抜き差しをする手が止まらない。

最初こそ冷たく感じた張り型は、すぐに体内の温度に馴染んで、奥の奥までをずぐずぐと擦りあげた。

（どうしよう……こんなに気持ちいいなんて……）

生まれて初めての自慰にもかかわらず、アリーシャはその快感を存分に貪っていた。

自分の感じる場所だけを、好きなやり方でたっぷりとあやす。のぼりつめようと思えばいつでもできるし、わざと自身を焦らして快感の波に漂うのも悪くない。

だが、それにもそろそろ限界が訪れそうだった。

「あっ、あ……はぁあ……いく……いっちゃう――……！」

誰も聞いていないと思うと淫らな言葉が口をつき、胸を揉み立てながら腰を揺すって、快楽の頂点を極めようとした――そのとき。


「贈り物は気に入った？」


体中の熱がさあっと引いて、アリーシャは恥ずかしい姿のまま固まった。

（嘘――……）

自分の見ているものが幻であれば、どんなにいいか。

だが彼は――寝室の戸口に立ったクレイは、確かな実体を持ってこちらに近づいてきた。

いつの間にそこまで体力を取り戻したのか、その足取りはふらついてもいない。

「どうしたの？　続けていいんだよ」

「い……いやぁっ！」

泣き声混じりの悲鳴をあげ、アリーシャは寝台の上で後ずさった。その拍子に水晶の玩《がん》具《ぐ》が抜け出て、敷布の上にごろりと転がる。

(見られた――叔父様に、あんな恥ずかしい恰好を……)

まるで、小さな子供が粗相をしたところを暴かれたような恥ずかしさだった。

覗き見をしたクレイを非難するより、卑しい快楽に没頭していた罪悪感で、ひたすらに己《おのれ》を責めてしまう。

「大丈夫だよ、アリーシャ。俺たちの間に、秘密なんて作らなくていい」

泣きじゃくるアリーシャの上にかがんで、クレイは慰めるように囁いた。

「前はアリーシャが俺を助けてくれたから、今度は俺の番だね」

「え……？」

「君の寂しさを埋める手伝いは、俺がしてあげるってこと」

クレイはアリーシャの腰を横から支え、転がった張り型を摑むと、いまだ潤ったままの蜜洞にゆっくりとねじ入れた。

「ふぁああ……っ！」

「ほら、こんなに簡単に入っていくよ……もしかして、ルシオ君に相手にされない間、自分でもここを弄《いじ》ってた？」

「あぁあ、そんな……して、ないぃ……っ」

ずちゅずちゅぐちゅぐちゅと内壁《ないへき》を抉《えぐ》られ、アリーシャは涙を零して喘いだ。

自分でするよりもずっと的確に力強く、クレイはそこを責め苛《さいな》む。

疾走する暴れ馬の上に乗せられたかのような、待ったなしの快楽が突き抜けて、アリーシャはクレイの襟元を皺《しわ》になるほど握り締め、全身をぶるぶると震わせて達した。

「やぁ、あ、あああぁ、はぁ――……っ！」

「ああ、達《い》ってるね……綺麗な色の襞《ひだ》がうねって、動いてるのがよく見えるよ」

透明な水晶の男根《だんこん》に拡張された蜜壺《みつつぼ》は、秘められた内部の様子が、外からも透けて見えるのだった。

「体の内側までこんなに綺麗だなんて、アリーシャはやっぱり天使みたいだね。汚いものや臭いものではちきれそうになった誰かとは、全然違う――……」

「叔父様……？」

何かを思いだしているような、遠くて暗い叔父の瞳に、アリーシャは胸騒ぎを覚えた。

だがクレイは目を瞬《しばた》かせると、すぐに取り繕うような笑みを浮かべる。

「まだ物足りないだろう？　アリーシャのことは、俺が何度でも満たしてあげる」

「やっ……！」

再び張り型を出し入れされて、アリーシャはびくんっと震えた。

全身の産毛が逆立って、どこもかしこも異様に敏感になっていた。熱い女陰《にょいん》は達したばかりとも思えないほどに、新たな快感を求めてきゅうきゅうと引き攣っている。

「ああ、叔父様……私、変なの……」

「変？　何が？」

「治まらないの……さっきから……気持ちいいのに、全然足りない……っ」

淫らな熱に浮かされ、アリーシャはありのままを口走った。

クレイがアリーシャの上体を抱き込んで、頭のてっぺんに宥《なだ》めるようなキスを落とす。

「可哀想に。それだけ寂しかったんだね」

「そう、なの……？　私、寂しいの――……？」

口にしながら、叔父の言う通りなのかもしれないと、アリーシャはぼんやり思い始めていた。

嫌というほど愛されることを知った体が。

空恐ろしいほどの執着で求められた心が。

クレイのそばから離れたことで自由になったと思ったけれど、本当の自分はずっと、彼に縛られていたかったのかもしれない。

(だって、叔父様とこうしてると、どきどきする――……)

いけないことだという思いは今もあるのに、彼に触れられて乱れるたびに、何かが解放されていく気がする。

肌と肌が引き合うように馴染み、ひとつになりたいという欲望が、胸の奥からふつふつと込み上がるのだ。

一度そう思ってしまうと、もう駄目だった。体の芯から彼を求める衝動が溢れて、無機質な張り型の感触を、急に味気ないものに感じてしまう。

「叔父様……いや、それ嫌ぁ……」

張り型を握る叔父の手を押しやり、頑是《がんぜ》ない子供のように訴えると、クレイは困り顔で首を傾げた。

「何が嫌？　気持ちよくないの？」

「いいけど……嫌……――」

餓《かつ》える苦しさに耐えかねて、アリーシャは思わずクレイの下肢《かし》に手を伸ばしていた。

久しぶりに触れるそれは、トラウザーズの中で窮屈そうに反り返っていて、アリーシャの胸は甘い期待にじんと騒いだ。クレイはまだ、自分相手にここを熱くしてくれる。

——なのに。

「いや……それは駄目だよ、アリーシャ」

ここまでのことをしておきながら、クレイはなおも理性的なことを口にした。

「今のアリーシャは人妻なんだよ。俺だって君が欲しいけど——手を貸してあげられるのは、ここまでだ」

「っ……!」

拒まれたことが悲しくて、アリーシャの瞳から涙が零れた。

(人妻だなんていっても……ルシオ様にだって、他に好きな人がいるかもしれないのに……——)

クレイにその可能性を示唆《しさ》されるまで考えたこともなかったけれど、今のアリーシャにはそれこそが真実だと思えた。

かといって、ルシオを責める権利はアリーシャにはない。

自分だって彼の妻となることで、叔父との関係が修復されることを期待していた。ルシオのことを愛したから、結婚したわけではなかったのだ。

その上、クレイに再び抱かれることを望んでしまうなんて、恥知らずにもほどがある。

「……やっぱり、様子を見に来たりするんじゃなかったね。アリーシャのことが気になって、どうしようもなくて……俺のすることは、いつも君を振り回してばかりだ」

クレイはつらそうに言って顔を背《そむ》けた。

「本当は、向こうの家に帰したくなんてない。このままアリーシャを奪い返してしまいたいけど――」

クレイの拳《こぶし》が強く握り締められ、手の甲に血管が浮いた。

彼も狂おしい激情に耐えていることが、アリーシャには痛いほどわかった。

体を壊すまでに、アリーシャを想って求めてくれるこの叔父から、自分はやはり離れてはいけなかったのだ。

「お願い……叔父様……」

アリーシャは思い切って身を起こすと、クレイのトラウザーズをくつろげ始めた。

「アリーシャ？　こら――……っ」

クレイの止める声も聞かず、前立てから弾み出た屹立《きつりつ》に、アリーシャは唇を寄せた。

呆れられても、軽蔑されても仕方ない。だが、熱い血の通ったこれをもらえなければ、脚の間の疼きは治まらない。

それと同じくらい、クレイの抑圧を解き放ってやりたい気持ちもあった。

せる。

「んっ……」

鈴口から滲んだ塩気のある先走りを啜りあげ、アリーシャはねろねろと舌を這わせた。顎が外れてしまいそうな勢いで、喉奥まで雄杭《おすくい》を含んでは、じゅぶじゅぶと首を上下させる。

「自分から、そんなことまで……──」

張りつめた肉塊を口いっぱいに頬張るアリーシャを、クレイは複雑な表情で見下ろしていた。

埋まるものをなくした蜜壺《みつつぼ》の疼きは、もはやずきずきとした痛みにも似て、腰が左右に揺れてしまう。触れられてすらいない胸の先も、これ以上なく硬く尖って、熟した茱萸《ぐみ》の実のように赤くなっていた。

──本当に、もう一秒だって我慢できない。

「叔父様……叔父様っ……」

アリーシャは口淫《こういん》を中断して伸びあがり、クレイの頬を挟むと、喉奥まで貪るようなキスをした。

だらりとした舌を吸いあげ、必死にしゃぶり立てていると、クレイはふいに諦めたような息を吐き、アリーシャの後頭部を引き寄せた。

「ん、っ――……!?」

さっきまで尻込みしていたのが嘘のように、クレイは激しい接吻《せっぷん》を返してきた。

強く押しつけられた唇が、アリーシャの唇を食《は》み、突き込まれた舌は抉るように口蓋《こうがい》を舐め回してくる。

「んぅ、ふ……あぁ……あ……」

アリーシャの胸の奥から、まぎれもない歓喜が突き上げた。

数ヶ月ぶりのクレイとのキス。

性的な匂いのするその口づけからは、叔父が今もアリーシャを強く求めていることが伝わってきたから。

「いけない子だね、アリィ……」

瞳に獰猛な光を浮かばせながら、クレイは荒っぽくシャツを脱ぎ捨てた。

「一度は手放そうと決めたのに、そんなふうに俺を煽って……どうなっても知らないよ
……！」

「っ!?」

あっという間に肩を押され、アリーシャは寝台に転がされていた。

弾みで跳ね上がった脚をクレイは肩にかつぎ上げ、猛々《たけだけ》しい肉槍《にくやり》を真上からずぶずぶと

打ち込んでくる。

「はぁ、ああっ……！」

待ち焦がれていたものを与えられた悦《よろこ》びに、アリーシャは背を反らし、体の下の敷布を強く握り込んだ。

「やぁあっ、すごい……深いとこ、届いて……っ」

腰が完全に宙に浮き、頭に血がのぼる窮屈な姿勢なのに、突き下ろされる雄刀《ゆうとう》から注がれる快感が、視界を桃色に塗り替えていく。

めくれあがった陰唇《いんしん》は、太い肉鉾《にくほこ》に大きく割られて、その隙間から泡立つ蜜液をこぷこぷと垂れ流していた。熱いぬめりが伝う感触に、奥深い後ろの秘め孔《あな》さえも、ひくひくと淫らに身悶えた。

そんなアリーシャの膣内に揉まれて、クレイもただで済むわけがない。

「っ……久しぶりなのに、アリィの中は俺の形を覚えてるね……絞り込んで、ねっとり吸いついて……」

すぐにでも埒《らち》をあけてしまうことを堪《こら》えるように、クレイは奥歯を噛みしめながら、大きく腰を遣《つか》った。

膨れ上がった亀頭《きとう》が臍裏の弱点にぐいぐいとはまり、失禁してしまいそうな心地よさに、全身に鳥肌が立つ。

「叔父様……ぁああ、気持ちいい……いいの……」

アリーシャは我を忘れて喘ぎ乱れ、溺れる人が助けを求めるように、クレイの首にしがみついた。

「もっと……もっと、して……いっぱい、ずんずんってしてぇ……」

「ああ、いいよ……いっぱいあげる……アリィの望むだけ、俺を食らい尽くしなよ……！」

クレイの舌が再びアリーシャの唇を割り、熱い手が乳房をまさぐった。

互いの舌が輪郭をなくして蕩《とろ》けあうようなキスを交わしながら、腫《は》れた乳頭《にゅうとう》に爪を立てられ、アリーシャはくぐもった声をあげる。

「っ、ん……――はぁ、う……」

「こっちも……ほら、たくさん擦ってあげる……こうされるの、アリィは大好きだっただろう……？」

愛液でてらてらと濡れそぼち、紅玉のような艶を放つ陰核《いんかく》に、クレイは雄茎《おすぐき》の根本を押し当て、小刻みに腰を前後させた。

剝《む》き出しになった神経の塊を刺激され、いっそう強い官能が込み上げる。

「ふぁあっ……いい、そこ、あっ、あ……擦れて、あぁぁ、やぁぁ……！」

「――俺は、最低だね……」

恍惚とするアリーシャを見下ろしながら、クレイが呻《うめ》いた。

「普通の叔父と姪に戻るつもりだったのに……こんなふうに触れたら、また気持ちが抑えられなくなる。アリィを逃がしてあげなきゃと思ってたのに、二度と手離せない気になるよ――」

唇を噛みしめ、クレイは抽挿《ちゅうそう》を激しくした。肉棒《にくぼう》をずぷずぷと挿《さ》し込まれる膣奥に、堪《こら》えようもない淫熱《いんねつ》が積もり、遥かな高みまで一気に押し上げられる。

「やぁぁ、ああ、あ、来る――……ぁあああっ……！」

目一杯に広げられた媚肉《びにく》がさざめいてうねり、恥骨《ちこつ》が甘く痺れた。めくるめく快感に息も継げないほどで、アリーシャはクレイの髪に指を差し入れ、ぐしゃぐしゃに掻き乱した。

――自分にももう、この人だけだ。

血の繋がりこそなくても、家族である男女の爛《ただ》れた関係を、世間も教会も許さない。さらにこれは、貞淑な妻としての倫《みち》にはずれる行為でもある。

けれど、禁断の愉悦はなんと心地よく甘美なのか。

この快楽は中毒になると、無意識に悟っていたから、自分はあれこれと理屈をつけて、叔父から遠ざかろうとしたのかもしれない。

そんな抵抗もどうせ無駄だと、今になってこんなにも思い知ることになるのに。

「……予想以上に薬が効いたな。ワインに混ぜたせいで、余計にか——……」

雲の上にいるようにふわふわしたアリーシャの意識に、低い笑い混じりの声は届かなかった。

叔父の腕に抱かれ、彼の匂いに包まれて、アリーシャは間違いなく満たされていた。

狭隘《きょうあい》な蜜路《みつろ》を行き交う長大なものの虜《とりこ》になって、何度も身を引き絞り、数えきれないほどの絶頂を極めた。

8　悪魔の血族

「お帰りなさいませ、アリーシャ様」

「ただいま、クロード。叔父様はどこにいるかしら？」

ヴィラント家の玄関で待ち構えていた家令に、アリーシャは首を傾げて尋ねた。

「旦那様は、あいにくお出かけ中でございます。夕方までにはお戻りになりますので、どうぞごゆっくりおくつろぎくださいませ」

「そう……」

アリーシャがこうしてときどき生家に戻るようになってから、ほぼ一年が経つ。

それはすなわち、叔父との淫らな関係を再開してから、一年が過ぎたということでもあった。

表面上は仲のいい叔父と姪の仮面をかぶったまま、二人は秘密の情事を重ねていた。

クレイが倒れたことをきっかけとして、彼を放っておけない、離れたくないという想いが、アリーシャの中でいっそう強固になったのだ。

その一方で、医学校が休みのときしか顔を合わせないルシオとは、相変わらず白い結婚が続いている。

(こんなこと、いつまでも続けちゃいけないのに――……)

あの後アリーシャなりに調べてみたところ、クレイが都合してくれる生活費から、使い道のわからないまま消えた金がいくらかあった。

その金で、ルシオは王都に愛人を囲っているに違いない。

そう確信したアリーシャは、この一年の間、何度かルシオに離婚を切り出そうとした。

自分たちの結婚は間違っていた。他に好きな女性がいるのなら、その人を日陰の身にしておかず、ちゃんと幸せになるべきだ――と。

だがそれを切り出すのなら、自《みず》らの罪も認めて打ち明けなければ公正とは言えない。

アリーシャと別れれば、愛人を囲うための資金源が断たれる。それを恐れるルシオは、簡単に離婚に応じてはくれないだろうし、アリーシャのほうにも後ろ暗いものがあることを突き止めてしまうかもしれない。

同じ不倫をしているにしても、世間に知られてまずいのは、明らかにアリーシャとクレイの関係のほうだ。

思い悩むアリーシャに、『しばらくはこのまま様子を見よう』と提案したのはクレイだった。

クレイも最初こそ、アリーシャを蔑《ないがし》ろにするルシオに怒りを感じていたようだったが、仮面夫婦の恩恵に与《あずか》れている立場から、彼の不貞も黙認することにしたらしい。

結婚前と違うのは、クレイが再び避妊を意識してくれるようになったことだった。

さすがにこの局面でアリーシャが子を孕《はら》んではまずいと思ったようで、どれほど激しく交《まじ》わっても、体内で吐精《とせい》することはなくなった。

(何をどうしても、叔父様から離れられない。私は駄目な女だわ……――)

己《おのれ》を蔑《さげす》みながらも、寂しくなるとつい、この家に足を向けてしまう。

そんなアリーシャに、クロードが問いかけた。

「旦那様が戻られるまで、居間でお待ちになりますか？　それとも、アリーシャ様のお部屋のほうで？」

「そうね……」

答えかけ、アリーシャはふと思いついた。

「今日はアトリエで過ごしたいわ」

「アトリエ……でございますか？」

「ええ。最近の叔父様が描いた絵を見てみたいの。悪いけど、お茶を運んでくれる？」

アトリエはある意味、クレイの部屋以上に私的な空間だ。普段は施錠がされているし、メイドが掃除のために立ち入ることも許されない。

クロードはわずかに迷う気配を見せたが、相手がアリーシャであれば問題ないと思い直したらしい。

「かしこまりました。鍵をお持ちいたしますので、少々お待ちくださいませ」


誰もいないアトリエに足を踏み入れると、絵具とテレピン油の匂いがふわりと押し寄せてアリーシャを包んだ。

絵の褪色《たいしょく》を防ぐため、窓には分厚いカーテンが下りており、周囲はぼんやりと薄暗い。

この空間は、子供の頃からアリーシャをどきどきさせるものだった。

クレイの描いた絵を見るのはもちろん、彼が集めた各国の画家の画集を眺めるのも楽しかった。

クレイがすぐにぐちゃぐちゃにしてしまう絵具を、色ごとに分類して並べ直すのはアリーシャの役目だったし、デッサン用の石膏像《せっこうぞう》は見るたびに違う表情をしている気がして、怖いながらも魅入《みい》られた。

イーゼルに立てかけられていた制作中の絵は、緑溢れる山間《やまあい》の滝を描《えが》いたものだった。実際には瀑布《ばくふ》の音がやかましく鼓膜を震わせるのだろうが、クレイの手によって再現されたその光景には、神々《こうごう》しいような静謐《せいひつ》さを感じた。

(……やっぱり、叔父様の絵はすごい)

技術的なことはわからなくとも、アリーシャはクレイの絵が好きだった。そうして、絵を描いているときのクレイ自身にも、同じくらいに惹かれていた。

普段は飄々《ひょうひょう》とした彼が、絵筆をとるときだけは別人のように真剣な表情になる。繊細かつ大胆な筆遣いで、迷いなく色を置いていく様は、彼だけが秘密の作法を心得ている特別な魔法のように思えた。

アトリエの奥は衝立《ついたて》で遮られていて、その内側には冬場に使われる暖炉があり、クレイが仮眠を取るための簡素な寝台も置かれていた。

マントルピースの上に飾られた絵を見つめて、アリーシャは頬が熱くなるのを感じた。

(叔父様ったら、こんなところに……)

それは、アリーシャが結婚する前に、クレイが描いた例の肖像画だった。

『あの絵は記念にしようと思うんだ』

『アリーシャが嫁ぐまでに完成させて、ずっと大事にする。絵の中のアリーシャだけは、俺が死ぬまでそばにいてくれるから』

その言葉を聞かされたアリーシャは、飴色の額縁の中で、笑顔になり損ねた微笑を浮かべている。

今にも潤み出しそうな菫《すみれ》色の瞳を見つめれば、アリーシャ当人でなくても、絵の中の少女の叫びが伝わっただろう。

――そばにいて。

――私を独《ひと》りにしないで。

こんなにも頼りない、寄る辺《べ》のない顔をしていながら、自分はよくこの家を出て嫁ぐことができたものだと思う。

クレイに再び愛されることがなければ、根っこを失った花のように萎《しお》れて、そのまま死んでしまっていたかもしれない。

(叔父様と離れたまま生きていくなんて、やっぱり私にはできなかった……)

諦めの悪さに自嘲したアリーシャは、壁際の書棚に目を留めた。

書棚といっても、収められているのは読み物よりも、やはり画集が中心だ。大きさの異なる書籍が乱雑に詰め込まれており、ときには横倒しにされている。入り切らなかったものは床に直接積まれていて、ちょっとした塔のようになっていた。

「相変わらずだらしないんだから……」

アリーシャは独りごち、書棚の整理を始めた。

まずはすべての本を抜き取り、判型ごとに分けていく。一番上の棚から背伸びをして本を引き出したとき、ばさっと音を立てて何かが落ちてきた。

それは、黒い革張りの画帖だった。本と本の間に挟まっていて、引き抜いた拍子に飛び出してきたのだ。

しゃがんで手に取った画帖は、ずいぶん古いものらしく、紙が黄ばんでいた。

なんの気なしにページをめくったアリーシャは、そこに描かれていた絵を眺め、愕然と目を瞠《みは》った。

(赤――……？)

とっさに息を呑んだのは、視界に飛び込んできた鮮やかな色彩のせいだった。

クレイが決して用《もち》いないはずの赤い絵具が、一面に塗りたくられている。

それ以外の色を一切使わないで描かれた絵に、アリーシャの喉がごくりと鳴った。

「これ、何……――」

画面いっぱいに皺深《しわぶか》い老人の顔があり、眦《まなじり》が切れるほど見開かれた瞳の中心に、鋭い錐《きり》が突き立てられている。

涙の代わりのように噴き出した血は、匂ってきそうに生々しかった。苦悶の叫びに歪んだ口からは、涎《よだれ》と吐瀉物《としゃぶつ》が溢れていて、胸元までを汚している。

「…………っ」

震える手でページをめくれば、やはり同じ老人の赤い絵があった。

今度は腹を裂かれ、溢れる臓物を撒き散らして七転八倒《しちてんばっとう》している姿だ。

さらに次のページでは、老人は痩せ衰えた醜悪な裸を晒していた。ぐったりと弛緩した状態で横たわっており、股間から血を流している。

よくよく見れば、しぼんだ性器と陰嚢《いんのう》が切り取られ、老人自身の口に押し込まれているのだった。そのことに気づいた瞬間、アリーシャは画帖を取り落とし、込み上げる吐き気を堪えてうずくまった。

（なんで……どうして叔父様は、こんな絵を……）

全身から血の気が引き、心臓がどくどくと脈打っている。胃がぐるりとひっくり返ってしまったようで、どれだけ飲み下しても気持ちの悪い生唾が湧いた。

これがただの残酷な絵ならば、アリーシャは怯えはしたものの、ここまで取り乱すことはなかっただろう。

画家の中には、地獄や死体をモチーフのひとつとして、好んで描く者たちがいる。クレイもそうしたものに興味を覚えて、気まぐれに描いてみただけだろうと思い込むこともできた。

だが。

(どうしてここに、お祖父様が描かれてるの——……!?)

陰惨な仕打ちを受けて悶絶している老人は、まぎれもなく亡き祖父のディレクだった。

五歳までの思い出しかないけれど、アリーシャの知るディレクは、いかにも好々祖父といった、優しくて穏やかな人物だった。クレイからすれば、孤児院から引き取ってくれた大恩ある養父でもある。

そのディレクを、絵の中でだけとはいえ、クレイは何故こんなふうに痛めつけているのだろう。

そもそもこれは、いつ頃描かれたものなのか——本当にクレイが描いたものなのか。

「…………」

アリーシャは時間をかけて呼吸を整え、再び画帖に手を伸ばした。

長く凝視することはできなかったけれど、やはりディレクはどのページでも、悲惨極まりない目に遭わされていた。

手足に釘を打ち込まれていたり、木に首をくくられていたり——その筆致に乱れはなく、どこまでも正確かつ丹念に描き込まれていることが、アリーシャは余計に恐ろしかった。

最後のページを目にしたとき、アリーシャはそれまでとは違う驚きに打ちのめされた。

(——燃えてる)

奇妙な舞踏を踊るように四肢をばたつかせたディレクが、燃え盛る炎に包まれていた。

焼け爛《ただ》れた顔の皮膚がだらりと垂れ下がり、この世の者とも思われないおぞましい姿だ。

瞬間、アリーシャの頭の芯に、強く殴られたような衝撃が走った。

「あ……ぁあっ……!」

アリーシャはこめかみを両手で押さえ、万力《まんりき》で締めつけられるような痛みに呻いた。

(私……私は……この光景を、知ってる……?)

——繰り返し見る悪夢の中で、無惨《むざん》に焼け死んでいったディレク。

あの火事の夜、何が起こったのかアリーシャは覚えていない。

クレイの腕に抱かれ、屋敷が燃え落ちる光景は見たけれど、それより前のことは何も。

もしかして自分は、祖父が炎に巻かれる瞬間を本当に目撃していたのだろうか。

それともこの絵は、他と同じようにクレイの想像で描かれたもので、アリーシャがたまたま火事の記憶と結びつけてしまっただけなのか。

――と、背後に人の気配を感じ、アリーシャはびくりとして振り返った。

クレイが戻ってきたのかと息を詰めたが、そこに立っていたのは、紅茶を載せたトレイを手にしたクロードだった。

アリーシャを驚かせてしまったと思ったのか、彼は戸惑ったように詫びる。

「申し訳ございません。お声をかけてもお返事がなかったものですから」

「あぁ……」

アリーシャは息をつき、額の汗を拭った。

茶を運んでくれと言ったのは自分なのに、残酷な絵に意識を奪われ、ノックをされたのに気づかなかったらしい。

「どうかなさいましたか、アリーシャ様？　ご気分でも悪いのですか？」

へたりこむアリーシャを覗き込んだクロードは、広げられた画帖を目にして固まった。

力の抜けた手からトレイが滑り落ちて、陶器のカップが派手な音を立てて砕けた。

「クロード!?」

とっさに彼の腕を掴み、熱湯を浴びないように引き寄せる。

かろうじて火傷をすることはなかったものの、クロードはふらつき、その場に崩れるように膝をついた。かつての主人のこのような絵を目にすれば、老体の心臓にはこたえるだろう。

「大丈夫、クロード？　あのね、これは……」

なんと言っていいかわからずおろおろすると、クロードは死人のような顔色で呟いた。

「……やはり旦那様は今も、大旦那様を恨んでおいでなのですね」

「え？」

クロードが「旦那様」と呼ぶのはクレイで、「大旦那様」といえばディレクのことだ。クレイがディレクを恨んでいる――確かにこの絵を見れば、そんなふうに思ってしまうかもしれないけれど。

「私が……私が、いけなかったのです……！」

クロードは己《おのれ》の胸元を押さえ、爪を立てた。

まるで、何年もわだかまっていた言葉を、その奥から掴み出そうとするかのように。

「私が、大旦那様をお止めできなかったせいで……アリーシャ様にまで、申し訳の立たないことを……！」

あとは獣が呻くような慟哭《どうこく》に変わり、言葉にならない。

「クロード？　クロード、どうしたの？」

いつでも冷静で有能だった家令の変貌に、アリーシャは当惑した。

そこに。

「二人とも、何を騒いでるんだ？」

「叔父様……！」

現れたのは、今度こそクレイ当人だった。

外出から戻ってきたばかりなのか、茶器の破片《はへん》が散らばった床を怪訝《けげん》そうに見渡す。

アリーシャはとっさに画帖を閉じたが、クレイは一目見ただけで、それが何であるかを悟ったらしい。

鞭《むち》で引っぱたかれたように表情を歪めたのは一瞬で、静かに唇を引き結んだのち、クロードに声をかけた。

「もういい。お前は下がれ」

「は……」

クロードはあたふたと床を片づけようとしたが、「いいから」と重ねて告げられると、後ろ髪を引かれる風情で出て行った。深々と礼をした姿が、やけに小さく見えた。

「……その中身を見たんだね」

クレイは腕を組み、溜め息をついた。

怒っているわけではないようだったが、上機嫌とはとても言えない視線だった。

「ご……ごめんなさい。わざとじゃないの……」

書棚の整理をしようとしたら偶然落ちてきたのだと、アリーシャはしどろもどろに弁解した。

だがこうなってはもう、思い切って追及せずにはいられない。

「これはなんなの？　こんな真っ赤な、怖い絵……どうして……」

「呪いだよ」

妙にさばさばとクレイは告げた。

「赤は、呪いと罪の色だ。君のお祖父さんがこんな死に方をすればいいって、願いながら俺が描いた。誰にも見つからないように、庭の木の洞《うろ》に隠してたから、あの火事のときも焼けずに残った。……とっとと処分しておけばよかったんだな」

クレイの言葉を、アリーシャは一度には呑み込めなかった。

恩人である養父のことを、クレイが恨んでいた？　クロードもそう言った通りに？

「知らなかった……」

アリーシャは呆然と呟いた。

「叔父様が、お祖父様のことを嫌ってたなんて……どうして……」

生前の祖父は、養い子であるクレイのことを、とても可愛がっていたと思う。

家族での夕食を終えると、ディレクは自分の書斎や私室にクレイをよく呼び出していた。

それは次期当主としての心構えや、領地運営に関わることを伝授するための時間で、子供のアリーシャは決して邪魔をしてはいけないと言われていた。

「お祖父様のことが、鬱陶《うっとう》しかったの？　期待されるのが重たかった……？」

そうとしか考えられずに尋ねると、クレイは「あははっ！」と喉を反らし、笑った。

「ははは……やっぱりアリィはアリィだ。なんて純粋で、なんてまっすぐで、なんてお馬鹿さんなんだろうね……！」

心底おかしそうに吐き捨てたクレイは、拳《こぶし》の側面で壁を殴りつけた。

びくっとしたアリーシャの前で、笑い声は引き攣《つ》って裏返り、とうとうクレイは咳き込みながら、その場にずるずると座り込んだ。

「叔父様……？」

病的なものを感じて、おそるおそる近づいたアリーシャを、クレイは血走った目で睨《ね》めつけた。

眼差しの強さに怯《ひる》んだが、うっすらと濡れた膜で覆われた瞳から、アリーシャは目を逸らせなくなる。

「純粋で、何も知らない君を、守らなきゃいけないと思ったんだ……悪魔同然のあいつの犠牲になるのは、俺だけでよかった……」

歪んで震える唇が、堰《せ》き止めきれなくなったように言葉を紡ぐ。

「あいつは……ディレクは、俺の養父なんかじゃない」

「え？」

「血の繋がった実の父だ。……信じたくも認めたくもないけどね」


——そもそもの始まりは、今から三十年近く前。

孤児院で暮らす一人の少女が、人知れず身籠《みごも》ったことから悲劇の芽は生じた。

彼女はまだ十四歳になったばかりで、その腹が丸く膨らんできたとき、院長をはじめとする大人たちは騒然としたという。

父親の名を問い質《ただ》しても口を割らず、やがて産み月を迎えた彼女は、男の赤ん坊を出産した。自《みずか》らの命と引き換えにして。

生まれた男児はクレイと名付けられ、十一歳になるまで、亡き母と同じように孤児院で育った。

人一倍聡明だったその少年を、養子にと見初《みそ》めたのが、先代のヴィラント伯爵であったディレクだ。

それ以前からディレクは、慈善事業の一環として孤児院に出資をしていた。

妻にはとうに先立たれ、一人娘であるエレナが迎えた婿も、流行り病でこの世を去ったばかりだった。

エレナが産んだ子供は女の子で、彼女が成人して婿取りをするまで、ディレクが息災でいられるかはわからない。

そんな事情で、クレイはヴィラント伯爵家の跡取りとして迎えられた。

表向きにはそういうことになっていたし、クレイ自身も初めはそう信じていたが——実際のところは違っていた。

「——あいつは、人には言えないおぞましい性癖を持つ獣《けだもの》だった」

伯爵家に引き取られてほどなく、クレイは夜毎《よごと》ディレクの部屋に呼びつけられるようになった。

そこでの行為は、クレイの心と体をことごとく打ちのめした。

ディレクは、見目麗しい少年少女に劣情を抱く小児性愛者であり、孤児や浮浪児を相手に、ひそかに欲望を遂げてきたのだった。

中でもとびきり美しいクレイのことは、いつでも好きなときに蹂躙《じゅうりん》したいと望み、そのために養子として引き取ったのだ。


「俺が経験した出来事について、詳しく語るつもりはないよ。……だけど、そのせいで俺は、まともな『男』じゃなくなった。相手が男でも女でも、俺を欲望の対象にして、食い物にしようとする相手には、嫌悪感しか抱《いだ》けなくなった」


子供だったクレイは、己《おのれ》の受けた虐待の事実を、誰に訴えることもできなかった。

孤児院の人々は、クレイが裕福な伯爵家の養子になることを心の底から喜んでくれた。

彼らを悲しませ、心配させるようなことはできなかったし、自分が引き取られた時点で孤児院に多額の金が渡っていることも知っていた。もしも逃げ帰ったなら、すでに院の修繕費に回されただろうあの金を、返すあてなどどこにもない。

そして、クレイは気づいていた。

ディレクの慰みものにされる悪夢の夜、耐えかねて逃げ出そうとしても、扉は外から鍵をかけて閉ざされていた。

半狂乱になって『助けて』『出して』と叫んだところで、使用人たちの誰もやってきてはくれなかった。

ただ一度、扉の向こうから押し殺した声が、『耐えてください』と告げて離れていった。家令のクロードのものだと、すぐにわかった。

「そのときの罪悪感を、クロードは今も引きずってる。だから今度は、俺の言うことをなんでも聞いてくれるんだ。あの男がそうさせたように、俺と君のために密室を作ってくれるし、使用人たちにも厳重な口止めをしてくれる」

やがてディレクに何度も嬲《なぶ》られるうち、クレイはさらに禍々《まがまが》しい事実を知った。

クレイを組み敷き、その肌を貪りながら、ディレクは陶然と独りごちたのだ。

『お前の体は、母親と同じように具合が良い。やはり血は争えんな』――と。

「どこまで腐ってるんだって、俺はちょっと笑った。……もう笑うしかできなかった」

ディレクに犯されて子を孕《はら》み、産み落とすと同時に死んだ少女。

そしてその子供もまた、血の繋がった実の父の玩具《おもちゃ》にされる。

当時のクレイが感じたのは、怒りや憎悪を超えた、激しい自己嫌悪だった。

自分の血肉すべてが汚物でできているように思えて、食事を受けつけられなくなり、無理に食べるとすべてを吐き戻した。

そんなクレイを案じ、支えてくれた存在が一人だけいた。


「アリィは小さかったから、覚えてないかもしれないけど。庭の隅で泣きながら吐いてる俺の背中を、君はさすってくれたんだよ」


そのときのクレイは十三歳で、アリーシャもやっと三歳になったばかりだった。

『おじさま、だいじょうぶ？　びょうきなの？』

植え込みの陰でうずくまり、げぇげぇと嘔吐《えず》くクレイのそばに、幼いアリーシャは心配そうに寄り添った。

自分のほうが泣きそうな顔になり、小さな手で彼の背中を繰り返し撫でた。

『……近づかないほうがいいよ。俺は汚いから』

そう言っても、アリーシャは頑としてその場を離れなかった。

『なかないで。びょうきがなおるまでいっしょにいるから、なかないで』

そう言って抱きつき、温かなぬくもりをいつまでも分け与えてくれた。

乳臭くて柔らかな体を受け止めながら、クレイは初めて思った。

この体に流れる血はひどくおぞましいものだけれど。

彼女が血縁であることだけは、自分にとって、唯一の光になるかもしれない――と。

「それからもずっと、君は俺のことを慕ってくれた。俺の『病気』は治る見込みもなかったけど、アリィの前でだけは息がつける気がしたよ。君に笑顔を向けられて、君の絵を描くことだけが、俺をかろうじて生かしてくれた。……本当に、アリィは俺にとっての天使だったんだ。ずっとそうでなくちゃいけなかった」

そんなぎりぎりの均衡も、次第に危うくなる時がやってきた。

日に日に愛らしくなるアリーシャを膝に抱きながら、ディレクの目に好色な光が浮かびつつあることに、クレイはいち早く気づいて慄然《りつぜん》とした。

実の息子を弄《もてあそ》ぶことに、なんら躊躇《ためら》わないディレクだ。孫娘にまで魔の手が伸びる可能性は、当然考えておくべきだった。

幼児であるアリーシャが、自分と同じ目に遭うと考えただけで、クレイは体がばらばらになりそうな憤りを覚えた。

──アリーシャだけは必ず、清らかなまま守らなければならない。

──そのためになら、すでに穢《けが》れきった自分など、どうなろうと構わない。

そのときからクレイは、自らの意志でディレクのための供物《くもつ》となった。

媚びるような態度すら見せて、ディレクの興味を自分に惹きつけ、アリーシャから目を逸らさせようとしたのだ。

後悔など決してしないと思っていた。

自分を慕ってくれる無邪気で無垢なアリーシャに、こんな地獄を見せてはいけない。

彼女の存在に救われた分、今度は自分がアリーシャの盾になってみせる。

だが、クレイの媚態の虜《とりこ》となったディレクは、老体とも思えない精力で、骨までしゃぶるように息子を求めた。

それはときに苦痛を伴うもので、緊縛され、首輪に繋がれ、鞭打たれた傷痕を隠してアリーシャに向き合うクレイの胸には、どす黒い感情が湧き上がらずにはいられなかった。

「――どうして俺だけが、って」

ずっと淡々と話してきたクレイの声に、再び苦いものが滲んだ。

床に座り込んだまま、自らの前髪を掻き乱し、クレイは呻《うめ》くように吐露《とろ》した。

「俺の犠牲の上で、アリィだけがぬくぬくと守られて。守るんだって決めたのは自分のくせに、何も知らずに笑ってるアリィの笑顔が眩しくて、まっすぐ見られないくらいに痛かった。俺は君のことが、本当に大好きだったのに……同じくらいに羨ましくて、どうしようもないほど妬《ねた》んでた――」

「叔父様……」

血を吐くような告白に、アリーシャは唇を噛みしめた。

クレイがディレクからひどい虐待を受け、そのせいで性的に不能になったこと。

クレイはディレクの血の繋がった息子であり――ひいては、自分にとっても本当の叔父であったこと。

一気に受け入れるには重たすぎ、おぞましすぎる真実だ。

けれどその反面、やっと腑に落ちたこともある。

（その頃の記憶が、今も叔父様を苦しめて……だから叔父様は、距離を置こうとした私を恨んで、ひどい抱き方をしたんだわ――……）

誰にも顧《かえり》みられず、見捨てられた哀れな少年が、クレイの心の奥で今も泣いている。自らを囮《おとり》にしてアリーシャを守ろうとした、まっすぐな気持ちと同じだけ、その陰で苦しみ続けた鬱屈が澱《おり》のように淀んでいるのだろう。

「……ごめん。アリィ、ごめん……」

両目を覆いながら、クレイは細かく肩を震わせた。

「アリィには、ずっと無垢なままでいてほしかった。だけど君はどんどん大人になって、他の男の目に留《と》まるくらい綺麗になって……誰かに奪われるくらいなら、いっそ俺だけのものにしたかった。俺にはその権利があるはずだと思ったし、実際に俺は、君にしか欲情できなかった。これが純粋な愛情なのか、天使みたいなアリィを俺と同じ場所まで引きずり降ろしたいって憎しみなのか、自分でもわからないまま」

「……うん」

アリーシャは短く頷いた。

今はただ、クレイに想いの丈《たけ》を何もかも吐き出してほしかった。

「きっかけができて、君が恋人になってくれて、俺は夢心地だったよ。だけどアリィはすぐに世間体を気にして、俺から離れていこうとして……それで、俺は逆上したんだ。小さな君を、身を挺《てい》して守ったのは俺なのに、あっさり捨てられるなんて許せない。俺が味わった苦痛の一部でも、君は知るべきだと思ったし……それに俺は、多分試してたんだと思う」

「試す？」

「俺が何をしても、君が逃げていかないか。俺の身勝手をどこまで許してくれるのか」

両目を覆っていた手を伸ばし、クレイはアリーシャの肘を摑んだ。

翠玉の色の瞳が、アリーシャを映して弱々しく揺れた。

「俺たちの体には、同じ血が流れてて。それはあの悪魔の血で、そう思うと今でも吐き気がするのに……これだけが、俺とアリィを確かに繫いでる。何があってもその事実は変わらないんだって、絶望しながらもすがってしまう。俺たちは決して離れられない絆で、結ばれてるはずだって」

「……そうね」

アリーシャは膝立ちになり、クレイを胸に抱きしめた。

自分と彼の間に血の繫がりはない――そう思い込んでいたことを、アリーシャはずっと言い訳にしてきた。

叔父と姪という関係はあくまで義理のもので、何のしがらみもない他人として出会ったなら、この恋は間違いではないはずだと。

(だけど……そうしたら私も叔父様も、ここまでお互いを必要とはしなかった――)

癖のある柔らかな髪を撫でつけ、アリーシャは静かに囁いた。

「……私は叔父様を見捨てたりしない」

こんなにも理不尽に傷つけられて、ぼろぼろになりながらアリーシャを守ろうとしてくれた人を、どうして突き放せるだろう。

「俺は、ずっと君を騙してたのに……?」

クレイはかすれた声で囁いた。

「本当の禁忌になるってわかった上で……俺と?」

「いまさら何?」

アリーシャはくすりと笑った。

本当におかしかったのではなく、最後に残った倫理観を、あえて打ち壊すように。

「叔父様は私のために、一人でずっと傷ついて……乱暴にしたこともあったけど、本当に耐えきれない目に遭わせたりしなかったわ。それに、ルシオ様との結婚だって叔父様のほうから勧めてくれた。私に逃げ出す機会をくれた。それはやっぱり、私の幸せを願ってくれたからでしょう？」

　クレイの返事はなかったが、アリーシャはそう確信していた。

　同時に、甘苦しいような同情と使命感が胸に満ちる。

　――この可哀想な人を救えるのは、世界にただ一人、自分だけだ。

　彼の背負う苦しみをすべて知ったからこそ、自分はクレイを支えていける。

　やっと生身の叔父と向き合えた気がして、ひりひりする痛ましい過去ごと、彼を抱きしめられるのだと思った。

「もう一人で泣かないで」

　アリーシャは微笑を湛《たた》え、クレイの顔を上向けると、慈雨のようなキスをした。

「……アリィ……っ！」

　クレイに引き倒されるようにして、アリーシャは彼の体の上に乗りあげた。すぐさま後頭部を引き寄せられて、唇と唇がぶつかるように重なる。

「ん、っ……」

　噛みつかんばかりの口づけに、アリーシャは舌を伸ばして応《こた》えた。

　互いの衣服を夢中で剝《は》ぎ合い、何ひとつ纏わない姿になって、再び強く抱きしめ合う。

「俺を、許してくれる……？」

唇を交わしながら、クレイは苦しげに問いかけた。

「俺は、実の父親にさんざん弄《もてあそ》ばれた汚い体で……同じように、血の繋がりのある君を何度も抱いた。この連鎖を断ち切らなきゃいけないと思いながら、やっぱりアリィを諦められない。どうしたって手離せないんだ――」

「叔父様は……汚くなんて、ない……」

アリーシャは息を弾ませながら、クレイの下肢《かし》に手を伸ばした。

そこはすでに硬く漲《みなぎ》り、アリーシャの濡れた場所に入ることを望んで、先端をひくつかせていた。

「今日は……私にさせて」

「っ……アリィ？」

戸惑うクレイの股間に、アリーシャは顔を寄せた。そそり勃《た》つ肉塊を見ると、自然と口内に唾が溢れ、一息に含んでしゃぶり立てる。

「う、あ……！」

クレイの腰が浮き、爪がアトリエの床を掻く。

それだけ感じてくれているのだと思うと、アリーシャの胸も熱くなり、もっと何かをしてやりたい気持ちが溢れてくる。

「ん……ふ……――」

　先端から幹の根本までまんべんなく舌を這わせ、その下で重たく揺れる胡桃《くるみ》の実に似た部分にも、アリーシャは熱心に口づけた。

「そんなとこ、まで……っ」

「気持ちいい、叔父様？」

「いいけど……あ、こらっ……」

　クレイの声が快感に上擦るのを、アリーシャは初めて聞いた。

　男根を手の内で擦り立てながら、会陰《えいん》に続く道を舌で辿る。

　その奥の窄《すぼ》まりにまで達しようかというとき、クレイは思い余ったように身を起こし、怖いほどの目でアリーシャを睨んだ。

「――悪戯が過ぎるよ、アリィ」

「え……あっ！」

　軽々と抱き上げられたアリーシャは、仮眠用の寝台の上に転がされ、大きく脚を開かされた。

　そこにクレイは頭を下にして覆いかぶさり、恥肉《ちにく》を左右に押し広げると、むしゃぶりつくように舐め始めた。

「んっ、やぁああ……！」

「どうせしゃぶってくれるなら、一緒に気持ちよくなろう？」

突きつけられた肉棒《にくぼう》が、アリーシャの顔の前で揺れている。

こんな角度から男性のその部分を目にしたことはないが、なんて卑猥なのだろう。

欲望に浮かされたようになり、アリーシャは首をもたげてクレイ自身を頬張った。喉の奥にまで届く長々とした肉楔を、くちゅくちゅと懸命に吸い立てる。

「んっ……上手だ、すごいよ……」

興奮を煽られたクレイは、指で蜜洞《みつほら》を掻き回し、包皮《ほうひ》のめくれきった花芽《はなめ》を唇に挟んで啜りあげた。痺れにも似た快感がじゅっと走って、アリーシャの腰がびくびくと跳ねる。

「あぁああ、やっ……！」

「ここ……大きく腫《は》れて実《みの》って、すごく可愛がりやすくなってる……もっとたくさん舐めてあげるね」

「あぁ、だめ、いや、ひぃ……っ――」

じゅるじゅると唾液をまぶされながら、秘玉《ひぎょく》を舌先で弾かれると、強烈な快感が迸《ほとばし》って、雄肉《おすにく》を咥えていられない。

するとクレイは甘く笑って、やんわりとそれを咎める。

「ほら、俺にもしてくれないと。アリーシャのあったかい口の中、蕩《とろ》けそうに気持ちいいから」

「っ……う、んぅ……」

過ぎる刺激に身をくねらせながら、アリーシャは懸命に肉芯《にくしん》を口に収めた。

頭を互い違いにした淫ら極まりない恰好で、どこよりも感じる部分を舐め合う戯れに、時間も忘れて没頭する。

今のアリーシャは、クレイが望むことならば、どんなことでも叶えたかった。

ディレクから受けたおぞましい仕打ちの記憶を塗り替えるくらい、自分との行為に深く溺れてほしかった。

「ん……アリィの中、もうぐちゃぐちゃだよ……俺の指をきゅうきゅうに絞り立てて、すごくいやらしい……」

蜜まみれの姫壺《ひめつぼ》に二本の指を抜き差ししながら、背筋をぞくぞくさせるような声でクレイが囁く。

「あん……だって、叔父様が……そんなにいっぱい、舐めるから……」

「アリィはどうしたい？　このままもっと舐められて達《い》きたい？　それとも、俺をここに入らせてくれる？　奥までぐちゃぐちゃに擦っていい？」

生々しい問いかけに、アリーシャはごくりと喉を鳴らし、小声で訴えた。

「来て……」

「ん、何？　よく聞こえない」

わざとらしく意地悪されて、思わず泣きそうになってしまう。

こういうときのクレイは、飾らない赤裸々な言葉でなければ、決して耳を傾けてくれないのだ。

「お願い……叔父様のが、今すぐ欲しいの……大きくなったこれ、挿《い》れて……私のとろとろの場所に埋めて、いっぱい動いて……っ」

「あぁ――最高に可愛いおねだりだよ」

クレイは満足そうに笑い、寝台の上に座り込むと、腕を伸ばしてアリーシャを招いた。

吊り込まれるような笑顔に引き寄せられ、アリーシャはクレイの腰を跨いで膝立ちになった。

「――おいで」

クレイの手が腰骨に添えられ、導くように押し下げられる。

上向きに反った陽根《ようこん》に、アリーシャは濡れた秘裂《ひれつ》を押しつけた。

狙いを定めるようにクレイがわずかに位置を変えた瞬間、ぬるんっ――とたくましい灼熱が一気に押し入ってきた。

「っ、あぁあ……！」

深いところまでをずっぽりと貫かれて、すべてを征服される感覚にくらくらする。

繋がっただけで、アリーシャの体はこれ以上なく敏感に火照り、胸の先がちりちりと痛いほどにしこった。

そこをクレイの指で摘《つま》まれ、軽く引っ張られて切ない声が洩れてしまう。

「はぁぁ、あ……っ」

「いい声だ……俺をおかしくさせる、甘い声だね……」

耳朶《じだ》をくちゅりと齧《かじ》られたと思ったら、クレイは腰を突き上げ始めた。

耳の孔《あな》を舌先でくじられる刺激と、ずくずくと蜜洞《みつほら》を穿《うが》たれる衝撃に、アリーシャの肌は戦慄《わなな》いた。

「あぁ、ふっ……あぁ、やぁ、気持ちいい……っ」

「わかるよ……俺と繋がったところから、恥ずかしい音がたくさんしてる」

ぐちゅぐちゅにちゃにちゃと、より淫らな水音が立つように、クレイは大きく腰を遣《つか》った。体の中心を太いものがずるずると行き交う感覚に、アリーシャはたちまち耽溺する。

「お漏らししたみたいにいっぱい濡らして……俺の太腿までびしょびしょだよ？」

「んんっ……そんなこと、言っちゃ嫌……」

「嘘つきだね、アリィは。いやらしい言葉を聞くたびに、ここを締めつけてくるくせに」

クレイの言う通りに、アリーシャの粘膜はうねうねと淫らに身悶え、肉竿《にくざお》を深く咥え込んでいっかな離そうとしなかった。

叔父の形をすっかり覚え込んだ膣肉《ちつにく》は、無数の襞《ひだ》をねっとりと絡みつかせ、熱い精を貪欲に搾り取りたがっている。

「ほら……こうして、アリィもお尻を揺すってごらん」

アリーシャの臀部《でんぶ》を鷲摑み、クレイは大きく上下に揺すり立てた。

熱杭《ねっくい》の嵩《かさ》張った部分で、媚壁《びへき》がごりごりと擦られ、込み上げる快感に狂わされてしまいそうになる。

「あぁぁ――はぁ、あ、あぁんっ……――」

「自分が気持ちよくなる場所はわかった？　わかったら、アリィからも動いてみて」

羞恥も躊躇《ためら》いもどこかに飛んで、アリーシャは恍惚と喘ぎながら、クレイの肩にしがみついて一心不乱に腰を振った。

臍《へそ》の裏に亀頭《きとう》を当てるようにずりゅずりゅと肉棒《にくぼう》を迎え入れれば、鋭い喜悦が連続して襲いかかってくる。全身の毛穴が開ききって、甘ったるい匂いの汗が噴き零れた。

（どうしよう……これまでで一番気持ちいい――……）

自分たちは本当に血が繋がっているのに――いや、おそらく、だからこそ。

禁忌に裏打ちされた愉悦は、強すぎる麻薬にも似ていた。一度味わってしまえば二度と手離せなくなり、廃人になるまで求めずにはいられない。

「好き……叔父様、好きなの……っ」

切れぎれの言葉に、クレイは胸を打たれたように微笑んだ。

「……俺もだよ。アリィを誰より愛してる。俺を見捨てないでくれて、ありがとう――」

純粋な愛おしさを浮かべた瞳に見つめられ、胸に突き上がる衝動のまま、アリーシャはまた唇を合わせた。

絡まる舌も、深く結びついた性器も、境目《さかいめ》をなくして混ざり合い、すべて溶けてしまえばいい。

この世で誰よりも近しい存在として、アリーシャは永遠に叔父のものになりたかった。

どれほど抱き合ってもひとつとひとつの体しか持ちえないことが、たまらなくもどかしいほどに。

「ん……アリィ……もう出る……――離れて」

眉根を寄せたクレイが訴えるのに、アリーシャはとっさに「嫌」と首を振った。

後先のことなど考えず、叔父の高まりをこの身の内で感じたい。

危険な橋を渡ることになるとわかっていても、今だけはほんの一時《いっとき》でもクレイと離れたくなかった。

「このままでいい——お願い、ちょうだい……」

切なげに訴える姪の願いに、クレイは驚いたように瞬きした。

「……いいんだね？」

念を押すように尋ねたのは、一度だけ。

途端、激しさを増した突き上げに体が弾んで、アリーシャは白い背中を仰《の》け反らせた。

「ひぁあっ……！」

ひときわ深く刺さった切っ先が、秘められた奥処《おくしょ》をぐりぐりと突き回してくる。

桁外れの歓喜が体の芯から湧き上がって、アリーシャは立て続けに嬌声を放った。

「あぁぁ、すごいぃっ……——！　もっと、して……いいのぉっ……！」

「ああ、もう手加減しない……アリィの中に、全部注ぐよ……っ」

ずぐずぐと容赦のない律動に、陰唇《いんしん》はよじれ、秘玉《ひぎょく》が押し潰される。

汗にぬめる乳房がクレイの胸板に擦れて、尖った乳頭《にゅうとう》がじんじんとした愉悦を発した。

振り落とされてしまいそうな抽挿《ちゅうそう》の中、アリーシャはクレイの腰に脚を絡みつかせ、重たい突き上げを必死になって受け止める。

膣内で暴れる肉の楔に、喉の奥まで突き破られそうになるうち、体が浮き上がるような感覚が迫ってきた。

「あぁ、もう……もう、いく……いっちゃう……っ」

「いいよ、達《い》きなよ……俺も、一緒に……はぁ、ああ――……っく……！」

アリーシャの体を大きな痙攣が走り抜けたあと、全身の筋肉が弛緩し、何かが漏れ出してしまいそうな解放感に襲われた。

遠ざかりかける意識の中、押し広げられた蜜洞《みつほら》の奥で、温かな波が押し寄せるように、とめどない欲情の滾《たぎ》りがどぷどぷと注がれていった。

「叔父様……――好き……」

これほどの多幸感に見舞われたことはなくて、アリーシャは知らず啜り泣いていた。

クレイも狂おしい眼差しでアリーシャを見つめ、微塵《みじん》も力を失わない陰茎《いんけい》を、またゆるゆると出し入れしていく。

「どれだけでもできそうだ……いつまでだって、こうしてたいよ……」

「私も、したい……ねぇ、抱いて……ずっと抱いてて……」

ぐちゅりぐちゅりと捏《こ》ねられる女陰《にょいん》からは、愛蜜と混ざりあった精液がごぽりと溢れ、寝台をどろどろに汚していく。

息もできないほど濃密な交わりを、二人は気が遠くなるまで繰り返した。

隠されていた過去を曝《さら》け出し、禁断の恋に落ちる覚悟を背負って、泥のような快楽の坩堝《るつぼ》へ、きりもなく溺れていった。

9　堕ちる夜

アトリエに静寂が戻ったのは、翌日の深夜だった。

汗にぬめる体をようやく離して、それほどの時間が経っていたことに気づいたとき、アリーシャとクレイは顔を見合わせて唖然とした。

丸一日以上、眠ることもなく、食事さえしないで、二人は互いを貪り続けていたのだ。腕を絡め、脚を絡め、ぬらぬらと交尾する蛇のように、何日でも交《まじ》われる気がしていた。

「……屋敷の皆に、なんて思われてるかしら」

「また俺が夢中になって、アリィの絵を描いてたんだって言うよ。……ちょっと無理があるかもしれないけど、クロードが言い繕ってくれるさ」

さすがにクレイもばつの悪そうな苦笑いを浮かべ、トラウザーズを身に着けてシャツを羽織った。

「何か食べる？　それとも先にお風呂かな」

「ん……体も洗いたいし、お腹も空いたけど……もうちょっと……」

胸までを覆った掛布の下から腕を伸ばし、叔父の首に甘えるようにしなだれかかると、クレイはたちまち相好を崩した。

「どうしたの？　まだしたい？」

「うん……ごめんなさい、疲れてるのに」

さんざんに貫かれた秘処《ひしょ》は、腫《は》れぼったくじんじんしているというのに、埋めてくれるものを欲しがってなおも疼いた。

「そんな我儘なら大歓迎だよ。俺もアリィとなら、ちっとも終わりが見える気がしない……──」

クレイはくすくすと笑い、アリーシャに唇を重ねた。

啄《ついば》むような口づけが次第に濃密なものになり、再び寝台に沈みかけたとき、遠くで騒がしい気配がした。

──おやめください！　いきなりこんなことをされては困ります！

──旦那様に取り次ぎをいたしますから、どうか応接室でお待ちくださいっ……!

聞こえてきたのは、うろたえるメイドたちの声だった。

誰かを押し留めようとしているようで、ばたばたとした足音がこちらに近づいてくる。

「……何？　お客様なの？」

身を強張らせるアリーシャから距離を取り、クレイは眉間に皺《しわ》を刻んだ。

「しまったな。まさか、ここまで乗り込んでくるなんて……」

その独り言も終わらないうちに、アトリエの扉が乱暴に開け放たれた。

「ここにいるのかっ!?」

怒鳴りながら、衝立の内側にまで踏み込んできた人物に、アリーシャは我が目を疑い、呼吸も止まるほど驚いた。

「ルシオ様──……!?」

最悪の事態だった。

激しい怒りの形相を浮かべて乗り込んできたのは、他でもない夫のルシオだった。

彼の目に映っているのは、掛布で体を隠してこそいるものの、裸であることは容易に想像できる妻。その彼女を庇うように、シャツをはだけさせたクレイが立ち塞がっている。

何をしていたのかは一目瞭然で、ルシオの顔面は蒼白になり、唇がわなわなと震えた。

（どうしてルシオ様がここに……──）

混乱と焦燥の中、アリーシャは今日が週末であることを思いだした。ルシオの医学校が休みになり、こちらに戻ってくるはずの日だ。

その彼が新居でなくここにいる理由は、断りもなく留守にしていた妻を連れ戻しにきたに違いないと──アリーシャはてっきりそう思ったのだが。

「どうしてっ……！」

ルシオが詰め寄った相手は、アリーシャではなくクレイだった。

振りあげられた手は、クレイを殴りつけるかと思いきや、彼の肩を摑んで駄々をこねるように揺さぶった。

「どうして来てくれなかったんです!?　今夜は僕と、いつもの店で会ってくれる約束だったじゃないですか！」

「そうだったね。忘れてたよ」

食ってかかるルシオに対し、クレイは落ち着いた仕種で彼の手を払った。

淡々として冷静な受け答えは、他人の妻を寝取った間男《まおとこ》らしからぬものだった。

「忘れてたって……──」

まさかそんな返しをされるとは思わなかったのか、ルシオは呆然とし、それから改めてアリーシャに目を向けた。

ひどく汚いものを見やる視線だった。

「……どうして君が、そんな恰好でここにいるんだ」

吐き捨てられた言葉は、アリーシャが一度も聞いたことがないほどに冷たかった。

「君は昔、下男《げなん》に乱暴されて、男性恐怖性になったんじゃないのか？　だから僕は君に指一本触れなかったし、そのほうが誰にとっても好都合だからって、クレイさんが――」

「……なんの話？」

アリーシャはわけがわからず、答えを求めるようにクレイを見た。

自分は下男に乱暴などされていない。

そもそも、ルシオがクレイと約束をしていたとは、どういうことだろう。

しかもルシオの口ぶりだと、彼らはこれまでにも、アリーシャの知らないところで会っていたようで――。

「この売女《ばいた》……！　そんなに清楚ぶった顔をして、君がクレイさんを誘惑したのか!?」

ルシオは瞳をぎらつかせ、憎々しげにアリーシャを睨んだ。

「クレイさんは、もうずいぶん前に、僕の告白を受け入れてくれたんだ。男同士で気持ち悪いって、俺を蔑んでもいいはずなのに、秘密の恋人として付き合ってくれた！　僕が君に近づいたのはクレイさんのそばにいたかったからで、一生女を抱かなくても済むって思ったから求婚したんだ」

「そんな……」

次々と明らかにされる事実に、アリーシャは愕然としていた。

――ルシオが愛していたのは同性のクレイで、求婚の理由は、アリーシャのことを男性恐怖性だと思っていたからだった。

しかもその嘘を吹き込んだのは、どうやらクレイであるらしい。

なんのつもりで、叔父はわざわざそんなことを。

「あのね、アリィ。誤解しないで」

ルシオの存在など目に入っていないかのように、クレイはあくまでアリーシャだけに向けて語りかけた。

「恋人同士っていっても、彼が勝手にそう思ってるだけで、変なことは何もしてないよ。思わせぶりなことを言って、適当にあしらってただけだ。いまだに男からそんな目で見られるなんてぞっとしたけど、何をどうすれば相手の興味を引きつけておけるのかは、あいにく嫌というほど知ってるからね」

ディレクから嬲《なぶ》られた過去を指しての言葉は、自嘲混じりのものだった。

「俺は、アリィに絶対に手を出さない、形だけの結婚相手を探してた。その役に、彼はうってつけだったんだよ。夫から相手にされない日々を過ごせば、君はきっと俺を恋しがって戻ってくる。自分の本当の気持ちに気づいて、もう一度俺を求めるようになる。すべては計画通りだった。——だろう？」

「でたらめだ！」

呆然とするアリーシャとクレイの間で、ルシオは髪を掻き毟《むし》って叫んだ。

「クレイさんは言ったじゃないか。僕のことが可愛いって！　男嫌いの姪にも人並みの結婚をさせないと世間体が悪いから、協力してくれたら感謝するって！　なのにっ……」

「君だって、それなりにいい思いはしただろう？」

クレイは冷ややかに言った。

「俺から引き出した金で、君が何人もの男娼を買ってたことは知ってるよ。もうずいぶんな額を注《つ》ぎ込んで、馴染みの敵娼《あいかた》もできたみたいじゃないか」

「それは、クレイさんがいつになっても俺に抱かれてくれないからで……本当に愛してるのは、あなただけなんだ！」

躍起《やっき》になって訴えても、クレイからなんの感情もない目で見返されると、ルシオは再びアリーシャ相手に声を荒らげた。

「君たちがこんな関係だったなんて……僕は、体《てい》のいい隠れ蓑《みの》にされただけだったのか!? 血が繋がってないからって、君はクレイさんの姪だろう！　返せよ、クレイさんを僕に返せっ……――！」

口角から泡を飛ばし、ルシオはアリーシャに摑みかかってきた。繊細でなよやかに見えた指は、予想外の力強さでアリーシャの喉に食い込んだ。

「う、ぐっ――……」

気道を押し潰されそうになり、アリーシャはもがいた。

脳に酸素が行き渡らず、視界がみるみるぼやけ始める。

狂ったように「返せ……返せ……」と繰り返すルシオの背後に、人影がぬっと迫ったのも、アリーシャにはよく見えなかった。

ガンッ――！　と鈍い音がして、首元を圧迫していた指から解放される。

狭《せば》まっていた気道に一気に空気がなだれ込み、アリーシャは激しく咳き込んだ。ルシオの体が仰向けにのけぞり、床の上にどうと倒れる。

唇から滴る涎《よだれ》を拭い、ルシオに目をやったとき、アリーシャは衝撃に凍りついた。

「ひっ……」

陥没した頭頂部から血を流し、大きく見開いた目をルシオは虚空《こくう》に向けていた。

どれだけ見つめてもぴくりとも動かず、絶命していることは明らかだった。

恐ろしい死相から逃《のが》れるように視線を上げると、そこにはクレイが立っていた。

その右手に、先端が赤く濡れた火掻き棒を握り締めて。

「っ……叔父様……？」

目の前で起きたことを信じたくなくて、アリーシャの声は震えた。

火掻き棒を伝い落ちたルシオの赤い血が、叔父の手をどろりと汚していく。

「困ったな。計算外だ」

クレイは小さな溜め息をついて、芝居の登場人物のように肩をすくめた。

「早いところ、死体をどうにかしないと。昔みたいに、また屋敷を燃やすわけにはいかないからね」

薄い笑みを刻んだ唇を目にして、アリーシャの心臓はどくんと大きな鼓動を打った。

両の腋《わき》に汗が滲み、胸苦しいほどの確信が湧いた。

クレイのこの表情を、自分は以前に見たことがある。

（いつのこと？　それに今、叔父様はなんて言った……？）

――『また屋敷を燃やすわけにはいかないからね』

叔父の言葉を反芻《はんすう》した瞬間、こめかみにまた激痛が弾けた。

「あ……ああぁ……っ！」

アリーシャは両手で頭を抱え、うずくまった。

頭蓋《ずがい》の奥で閃光がひらめき、断片的な光景が現れては消えていく。

それは、すっかり忘れていたはずの火事の夜の記憶。

アリーシャが長年、意識の底に封じていた、振り返るには忌まわしすぎる記憶だ。


――あの日。

アリーシャは子供部屋で眠っているところを起こされて、祖父の寝室に連れていかれた。

『静かに、アリーシャ。これは、お前とお祖父様だけの秘密だよ』

五歳のアリーシャは眠くてぼうっとしていて、何が起こっているのかわからなかった。

いや。たとえ意識がはっきりしていたとしても、祖父がしようとしていることの意味を理解できたとは思えない。

『真っ白で、しっとりして……お前の肌は、極上の絹で織り上げたようだな……』

寝台の上で夜着をめくられ、下着も脱がされた下半身が心許《こころもと》なく寒かった。

普段は穏やかで優しい祖父が、ぐふぐふと豚のような鼻息を洩らしているのが、ひどく気持ち悪かった。

『ほら、じっとしておいで。いい子にしていれば、お祖父様がたっぷりと可愛がってやろう』

そのときのアリーシャは、自分が祖父の人形にされたのだと思った。

関節の動く着せ替え用の人形は、アリーシャのお気に入りの玩具《おもちゃ》だった。祖父はもう大人で、自分の人形を持っていないから、代わりにアリーシャの服を脱がせて遊ぼうとしているのだと。

(でも、なんだか変……)

枕元のオイルランプに照らされた祖父の顔は、別人のように醜悪で、唇を舐める分厚い舌は太った蛞蝓《なめくじ》のようだった。

その蛞蝓がアリーシャの素肌を這い、煙草臭い唾液を塗り込めていく。

首筋から胸へ、胸から腹へ——やがて、祖父の顔が両脚の間に達しようとしたとき、アリーシャは説明のつかない恐怖を覚えて、やっと声を発した。

『いや……やめて、お祖父様……』

『怖がらなくていい。お前のここはどんな味がするのか確かめるだけだ』

『やだ……食べないで、そんなところ食べないで……！』

アリーシャが抗えば抗うほど祖父は興奮するようで、乾いた掌《てのひら》が尻を撫で、髭《ひげ》の生えた頬がちくちくと下腹に擦りつけられる。

『やめて、やめて……助けて……誰かぁっ……！』

無我夢中で叫んだそのときだった。

『アリィっ！』

蹴り破るような勢いで扉が開き、飛び込んできたのはクレイだった。

寝台の上でディレクに組み敷かれているアリーシャの姿に、一切の表情が拭われたように失われる。

その後のクレイの行動には、微塵《みじん》の躊躇《ちゅうちょ》もなかった。

寝台脇で燃えていたランプを摑むと、狼狽するディレクの背中に向けて、一息に叩きつける。

ガラスの破片が弾け飛び、零れたオイルがディレクの服に染み渡るや、ボッと音を立てて炎上した。

『ぎゃあああっ！』

たちまち火だるまになったディレクは、寝台から落下し、床の上を転げ回った。クレイが素早くアリーシャを抱き上げ、出口に向かって後ずさる。

『あぁあっ……アリーシャ、助けてくれえっ……――！』

全身を炎に包まれたディレクは、芋虫のようにびくびくとのたうった。

焼け爛れた顔面には無数の火ぶくれができていて、地獄の亡者のような有り様に、アリーシャの喉から悲鳴が迸《ほとばし》る。

『……お前だけは許さない』

アリーシャの頭上で、感情の抜け落ちた声が響いた。

『俺だけじゃ飽き足らず、お前はアリィにまで手を出そうとした。自業自得だ。――報《むく》いを受けろ』

開花を迎えた蕾のように、クレイの唇が綻んだ。

研ぎ澄まされた刃物のように冷たく、悪魔のそれにも似た微笑だった。

兄のように慕っていたクレイの優しい仮面が剝がれ、その内側に潜む狂気を、アリーシャは初めて垣間見た。

――それでも。

（叔父様……きれい……）

部屋中に火の手が広がり、今まさに祖父が焼け死のうとする中、アリーシャはまじろぎもできずに、クレイの妖しい美貌に魅入られた。

だがそれも一瞬のことで、あたりの空気が熱を孕《はら》み、黒い煙を吸いこんだ肺はたちまち呼吸ができなくなる。

『ごほっ……けほっ……！』

咳き込むアリーシャを横抱きにして、クレイが身を翻《ひるがえ》した。

『行こう、アリィ』

『大丈夫――アリィのことは、俺が絶対に守るから』

アリーシャの脳裏には、燃え盛る赤い炎と、その中心で断末魔の悲鳴をあげる祖父の姿が焼きついた。

獣が生きたまま裂かれるような絶叫が耳の奥にこびりついて、脳髄《のうずい》をぐちゃぐちゃに掻き乱していく。

（ごめんなさい――許して、ごめんなさい……）

原始的な恐怖を退けるように、アリーシャは固く目を閉じた。

自分が祖父におかしなことをされなければ、クレイはディレクをあんな目に遭わせることもなかった。

ねじれた理屈は、アリーシャの幼い心に深い罪悪感を植えつける。

自《みずか》らを守ろうとする本能が、キャンバスを黒く塗り潰すように、この夜の記憶を打ち消していく。

アリーシャが次に思いだせるのは、クレイに抱かれて、崩れ落ちる屋敷を眺めていたところからだ。

クレイが祖父を殺し、屋敷を燃やし、母までが巻き込まれた事実はアリーシャの中からすっぽりと抜け落ち――すべては『なかったこと』になった。

「思いだしたわ――……」

泣き濡れた顔をクレイに向け、アリーシャは放心して告げた。

強烈な頭痛は引いた代わりに、全身が鉛と化したような倦怠感《けんたいかん》に包まれていた。

「あの火事を起こしたのは叔父様で……お祖父様は、殺されたのね――……」

「ああ、そうだよ」

気負いもなく認めたクレイは、ルシオの死体の脇に、火掻き棒を無造作に投げ出した。

「それで、どうする？」

両手を広げ、クレイはあくまで軽い口調で尋ねた。

「俺を責める？　どんな理由があっても、アリィから家族を奪ったのは俺だ。君に害をなそうとしたあいつはともかく、無関係の母親まで死なせてしまったんだから」

「それは……」

自分を守ろうとしてくれた結果のことであって――と言いかけたアリーシャを遮るように、クレイは遠い目をした。

「ああ……無関係ってこともないか。君の母親は、俺が陰で何をされてるのか、薄々察していたはずだから」

「――お母様が？」

「俺が娘の代わりの生贄《いけにえ》になるのを、内心では助かったと思ってたんだろうね。俺はそんな彼女のことも、やっぱり憎んでたのかもしれない。助けようと思えばできたのに、見捨てて逃げたのは、きっとそういうことなんだろうな」

他人事のようにクレイは語った。

アリーシャは言葉を継げず、喘ぐように喉元を押さえた。

さっきまでは叔父のことを、理不尽な虐待にさらされた哀れな被害者だと思っていた。

だが彼は、一方的な犠牲を強《し》いられるばかりではなく、自らの意志で復讐を遂げた殺人者でもあったのだ。

画帖に描かれた絵の通りに、ディレクを残酷に焼き殺し、腹違いの姉までも犠牲にして、そのことを悔いている様子はまったくない。

（私をルシオ様と結婚させたのも、計画のうち。私はただ、叔父様の掌《てのひら》の上で踊らされていただけだった……——）

部屋の空気が急激に冷えていく気がした。

アリーシャが考えていた以上に、クレイの抱える闇は深く、その歪みは生半可《なまはんか》な同情で正されるものではないのだろう。

（この人を本当の意味で救うことなんて、私にはできないのかもしれない——）

そんなアリーシャの心を、じわじわと暗い諦めが浸食《しんしょく》していく。

アリーシャを、クレイは真上から覗き込み、血に濡れた手を差し伸べた。

「さぁ、早くこれを始末しよう？　そうすれば、俺とアリィはずっと二人きりでいられるよ」

物言わぬ死体を見やりもせず、クレイは首を傾げて微笑んだ。

「————」

見えない糸で操られるかのように、アリーシャの腕が持ち上がった。

守られるばかりで穢れを知らずにいた白い指が、叔父の手に絡め取られ、同じ深紅の血にまみれた。

（赤は、呪いと罪の色……――）

あぁ――とアリーシャは嘆息し、叔父を見上げて薄く笑った。

光のない茫漠《ぼうばく》としたその瞳に、自身の魂が取り込まれ、閉じ込められてしまうのを感じた。

この結末を選んだのか、選ばされたのか、そんなことはもはやどうでもいい。

アリーシャの家族を迷いもなく殺《あや》めたこの人を、自分は恨みながら愛しながら、いつまでも隣にいるのだろう。

――救い出すことができないのなら、いっそ共に、闇の底へと堕ちるまで。

エピローグ　背徳の果てへ

――三年後。

寝台の上では、今宵《こよい》も一組の男女が裸になり、果てもなく交わり続けていた。

男の胸に手をついて上になり、太い屹立《きつりつ》を女陰《にょいん》いっぱいに咥え込んだ女が、じゅぶじゅぶと放埒《ほうらつ》に腰を振りたくる。

「あぁ、いい……気持ちいい……もっといっぱい、掻き回してぇ……」

頬を紅潮させ、切なくねだる女の腰を抱えた男は、腹を破らんばかりに自《みずか》らの雄刀《ゆうとう》を突き上げた。

「こう？　アリィの好きなとこ、こうしてたっぷり擦ってあげればいいの？」

「ああ、そうっ……そこいい……あぁん、もう達《い》く、すぐ達っちゃう――っ……」

雷に打たれたように身を引き攣《つ》らせ、何度目かわからない絶頂を極めるアリーシャを、クレイは息を凝《こ》らして見上げた。

揉み絞るような膣襞《ちつひだ》の蠢《うごめ》きが、張りつめた剛直に直《じか》に伝わる。

じゅくじゅくに熟れた果実のようなアリーシャの内部は、得も言われぬ心地よさだったが、まだ達してしまうわけにはいかなかった。

「気持ちよかった……でも、もっと……ね？」

「あぁ……」

喜び半分、驚嘆半分で、クレイは息をつく。

いつから彼女は、これほど妖艶な顔つきができるようになったのだろう。

甘い吐息を洩らす唇は、極上の珊瑚《さんご》にも似た鮮やかな赤で、その肌は羽化したばかりの蝶のようにぬめぬめと白い。

夜の闇を紡いだような黒髪が汗ばんだ背中に零れ落ち、普段は淡い菫《すみれ》色の瞳は、水の底に沈んだ紫水晶《アメジスト》のように深みを増して婀娜《あだ》っぽく光った。

数年前の彼女しか知らない者から見れば、今のアリーシャは、もはや別人といっても過言ではない。

あどけなく無垢だった姪の変貌を、しかしクレイは好ましく受け止めていた。

（きっかけは……──やっぱり、あのときだろうな）

柔らかな蜜洞《みつほら》を擦りあげ、アリーシャをとめどなく喘がせながら、クレイは過去に思いを馳《は》せる。

三年前の夜、アトリエでルシオを撲殺したのち、クレイはクロードに馬車を出させ、死体を領地内の湖まで運んだ。

馬車にはアリーシャも同乗しており、湖にボートを漕ぎ出すとき、『私も行く』と言って譲らなかった。

『絶対に発見されないようにしなくちゃいけないいんでしょう？　大きな石でもくくりつけて、一番深い場所に沈めなきゃ』

きっぱりと言ったアリーシャは、もう動揺してはいなかった。

何かの覚悟を決めた面持《おもも》ちで、自らの言葉通り、夫の死体を率先して暗い水底に沈めた。

あの瞬間から自分とアリーシャは、すべての罪を分かち合う共犯者となったのだ。

表向きは、ルシオは謎の失踪を遂げたことになっている。

医者になるための勉強漬けで神経を病み、何もかもを放り出して、衝動的に逃げたのだろうと。

あと数年もすれば法的にも死亡したことになり、アリーシャは名実ともに寡婦《かふ》となる。

死んだ夫に操を立てて実家に戻り、唯一の肉親と寄り添って暮らしていくことを、世間も咎めはしないだろう。

（いずれ子供ができるなら、養子をもらったことにすればいい。禁忌の果てにできた子供でも、アリィが産んだ子ならきっと愛せる――……）

もう誰も自分たちを引き裂けない。

背徳を恐れなくなったアリーシャは己《おのれ》の欲望に忠実に、貪婪《どんらん》に腰を振り続ける。

「はぁ、すごい……すごいの……叔父様の、とっても素敵……大きいぃ……――」

「俺も、いいよ……この世じゃないどこかまで、連れていかれそうだ……」

「ああ、行く……私も行く……叔父様となら、どこにだって行くわ――」

ねっとりした蜂蜜のような愛液がとろとろと滴《したた》り、クレイの腹を温かく濡らす。

じゅぶじゅぶと淫らな音を立てる女の窪地《くぼち》は、赤黒い雄の昂《たかぶ》りにぱっくりと割られ、ぬらぬらした花唇《かしん》があられもなくめくれきっていた。

「んっ……ぅあ、あ……はぁあ……――」

以前よりふた回りは大きくなった乳房を揺すり、その頂を木《こ》の実《み》のようにしこらせて、アリーシャは艶然と微笑んだ。

「愛してる、叔父様……死ぬまでだって、私たちは一緒よ」

「もちろん、離してなんかあげないよ。ようやく手に入れた、俺だけのアリィ――……」

誰よりも大切にしたくて、清らかなままに守りたかった。

けれど彼女が無垢であるほど、己《おのれ》の穢れを突きつけられるようで、心は常にきりきりと軋《きし》んだ。

いっそ遠くに消えてくれればと願いながら、他人のものになることは許せなかった。

遠回りをして、策を講じて、囲い込んで、やっと捕まえた。

その卑劣さを蔑《さげす》まれ、憎まれる覚悟もしていたのに、彼女はクレイと同じ深みにまで自《みずか》ら堕ちてきてくれた。――自分は賭けに勝ったのだ。

「アリィ……あぁ……もう達《い》くよ、いいね……？」

「いいわ、出して……私の中、叔父様のでいっぱいにしてぇ……――！」

それは一瞬のようで、永遠にも思える刹那《せつな》。

快感にしなる姪の体を抱きしめて、このまま朽ち果てても構わないほどの甘美な衝動に身を任せ、クレイはあらん限りの愛と執着で、アリーシャをたっぷりと満たした。

あとがき

こんにちは。ソーニャ文庫さんでは初登場になります、葉月《はづき》・エロガッパ・エリカです（※エロガッパは、友人がつけてくれた名誉のミドルネームです）。

初めましての方は、どうぞよろしくお見知りおきくださいませ。


初レーベルの初担当さんとの初お仕事だというのに、ずいぶんな変化球投げ込んだもんだなーと、原稿の最終チェックをしながらしみじみ思う次第です（いまさら）。

経歴も行動も好き嫌いがきっぱり分かれそうなクレイさんですが、とにかくヒロインちゃんに「叔父様」と呼ばれるヒーローを書きたい。その一心から生まれた今作でした。

途中でうろうろと迷走もしましたが、改稿の道を一緒に探ってくださった担当様には足を向けて寝られません。「歪んだ愛は美しい」のテーマに惚れ込んで、自分なりの一作を書き上げることができたのは、力強く背中を押してくれた担当様のおかげです。

色男すぎるクレイ叔父様と、いじらしく儚げなアリーシャを描いてくださったアオイ冬《ふゆ》子《こ》様にも謹んで感謝申し上げます。叔父様、ぱっと見は変態伯爵に見えない、かっこい い！　けどよくよく見ると、やっぱり執着の強そうな目をしてる！　と一人で大興奮でした。お忙しい中、本当に本当にありがとうございました。

紙《し》幅《ふく》も尽きてまいりましたので、今回はこのへんで。

よろしければ、またどこかでお会いできることを願っております。

二〇一五年　十一月　　　　　　　　　　葉月　エリカ

※ブログとツイッターやってます。
ブログ↓『豚ログ』http://080925.blog.shinobi.jp/
ツイッター↓「葉月エリカ」もしくは「hazueri」で検索してみてください。

Sonya
ソーニャ文庫

この本を読んでのご意見・ご感想をお待ちしております。

◆ あて先 ◆

〒101-0051
東京都千代田区神田神保町2-4-7 久月神田ビル7階
㈱イースト・プレス　ソーニャ文庫編集部
葉月エリカ先生／アオイ冬子先生

背徳《はいとく》の恋鎖《れんさ》

2015年12月7日　第1刷発行

著　　者　葉月《はづき》エリカ
イラスト　アオイ冬子《ふゆこ》
装　　丁　imagejack.inc
D T P　松井和彌
編集・発行人　安本千恵子
発 行 所　株式会社イースト・プレス
〒101-0051
東京都千代田区神田神保町2-4-7 久月神田ビル8階
TEL 03-5213-4700　　FAX 03-5213-4701
印 刷 所　中央精版印刷株式会社

ISBN 978-4-7816-9567-9
定価はカバーに表示してあります。